U0115231

古遠清臺灣文學新五書

臺灣當代文學辭典

第四冊

（附索引）

古遠清　編著

十三 臺灣當代文學大事記

大事記的內容，包括重大政治事件、文化熱點、文學思潮、文學運動、文學論爭、重要會議、刊物創刊終刊、重要作品發表出版、重要作家活動及去世等項。

一九四五

八月十五日　日本無條件投降，結束了在臺灣長達五十一年的殖民統治。

九月十五日　《一陽週報》雜誌創刊，同年十一月停刊。

十月二日　臺灣唯一的日報《臺灣新報》開始出現中文欄，十月十日變成以中文版為主、日文版為副。

十月十日　光復後第一份中文報紙《民報》創辦，由林茂生任社長。

十月十一日　《臺灣新報》創設文藝小專欄「詞華」，刊登了許多歡呼臺灣光復的古典詩詞，同月二十四日停辦。

十月廿二日　楊雲萍在《民報》發表〈奪還我們的語言〉。

十月廿四日　日本總督將行政權移交臺灣省行政長官陳儀。

十月廿五日　戰後第一家公營報紙《臺灣新生報》創刊，吳金煉任日文總編輯。

十一月十二日　臺灣人文科學會成立。林熊生的日文偵探小說《龍山寺的曹姓老人》出版。

十一月　龍瑛宗為歡迎光復發表小說《青天

白日旗》。

十二月廿五日　中國航空公司成功開闢上海至臺北的航線。

十二月卅一日　陳儀向全島臺灣同胞發布工作要領時指出，希望一年內全省教員、學生能說國語、通國文、懂國史。

一九四六

一月一日　由宋斐如創辦的《人民導報》問世，一九四七年秋停刊。大陸作家范泉在上海發表〈論臺灣文學〉，認為臺灣文學是中國文學的分支，後被楊逵等多人引用。

一月廿九日　魏建功應臺灣省行政長官陳儀之邀去臺推廣國語。

二月三日　《民報》發表楊雲萍執筆的社論〈促進文化的方策〉。

二月十日　呂赫若發表小說〈故鄉的戰事一：

十二月　《民報》創辦文藝副刊「學林」，楊雲萍為主編，曾連載吳漫沙長篇小說《天明》。魏賢坤編《初級簡易國語作文法》出版。

是年，由游彌堅發起的東方出版社成立。

改姓名〉。

二月十五日　《海疆》文藝月刊在臺北創刊，共發行三期。

二月二十日　《中華日報》創刊。

二月　陳儀在全省中學校長會議指出，要實施「中國化」運動抵消「皇民化」影響。

三月十五日　龍瑛宗主編《中華日報》日文版文藝欄。

三月　楊逵的日文小說集《鵝媽媽出嫁》

出版。

四月一日　國語推行委員會在臺北成立。

四月　包括「欺臺作家」西川滿在內的在臺日本人全部返回日本。評論家雷石榆從廈門到高雄。

五月廿一日　臺灣省國語推行委員會主編《臺灣新生報》「國語」副刊創辦。

五月　楊逵在《和平日報》發表〈文化再建の前提〉、〈臺灣新文學停頓の檢討〉。《臺灣文藝》創刊，只出版一期。美國設立駐臺北領事館。

五月廿八日　《臺灣新生報》「國語」週刊刊出魏建功〈何以要提倡從臺灣話學習國語〉。

六月九至十三日　臺北市中山紀念堂公演根據臺共作家簡國賢作品改編的獨幕劇《壁》。

六月十六日　「臺灣文化協進會」成立。

六月廿五日　許壽裳應臺灣省行政長官陳儀之邀去臺。

七月一日　《臺灣評論》月刊在臺北創刊，同年十月停刊。

七月廿八日　《臺灣新生報》發表李翼中〈對當前臺灣的文化運動的意義〉。由臺灣文化協進會主辦的第一屆文學委員會懇談會在臺北召開。

七月　中共中央派彰化籍幹部蔡孝乾潛伏臺灣，任職「臺灣省工作委員會」書記。楊逵日文版小說《送報伕》問世。

八月七日　臺灣省編譯館成立，許壽裳擔任館長。

九月十二日　《新新月刊》在臺北山水亭舉辦「談臺灣文化的前途」座談會。

九月十五日　《臺灣文化》創刊，共發行六卷廿七期。楊雲萍在創刊號上發表〈臺灣新文學運動的回顧〉。

九至十二月　吳濁流長篇小說日文版《胡志明》五冊問世。

十月廿四日　「長官公署」宣布各類報紙雜誌的日文版停刊，報章雜誌從此禁用日文出刊。

十月　「臺人奴化」問題發生論戰。李何林從上海到臺北，臺靜農也於本年到臺北。

十一月一日　在許壽裳協助下，《臺灣文化》製作「魯迅逝世十週年特輯」。

十一月卅日　許壽裳在省立師範學院演講〈魯迅的人格及其思想〉。

十二月　《中華民國憲法》完成制定。陳儀在施政報告中首次使用「文化建設」一詞。歐陽予倩率領的新中國劇社由上海到達臺北，先後演出歷史劇《鄭成功》、神話劇《牛郎織女》、曹禺的話劇《雷雨》。

一九四七

一月一日　《臺灣文化》主編蘇新化名「甦甡」發表〈也漫談臺灣藝文壇〉，批駁「多瑙」〈漫談臺灣藝文壇〉一文對戰後臺灣文化的攻擊。

一月十五日　張禹和楊逵參與編輯的《文化交流》創刊，僅出一期。

一月　楊逵應臺北東華書局之邀，編印中日文對照的「中國文藝叢書」，共六輯，包括魯迅的《阿Q正傳》及郁達夫、茅盾、楊逵等人的作品。

二月五日　呂赫若在《臺灣文化》發表短篇小說《冬夜》，為光復初描寫臺灣社會現實變化的重要作品之一。

二月廿六日　「國語運動」全面推行。

二月廿八日　臺北數萬名群眾因不滿當局統治舉行遊行示威，並占領廣播電臺，後被鎮壓，是為「二二八」事件。

三月六日　范泉在上海發表聲援「二二八」事件受難者〈記臺灣的憤怒〉。

三月十一日　臺大文學院代院長林茂生被捕。

四月　楊逵、葉陶夫婦被捕。臺灣行政長官公署改組為臺灣省政府。

五月四日　許壽裳在《臺灣新生報》發表〈臺灣需要一個新的五四運動〉。吳新榮在《臺灣新生報》發表參加「二二八」事件的悔過啟事。

六月　臺獨人士廖文毅在香港組織「臺灣再解放聯盟」（一九五〇年五月改稱為「臺灣省民主獨立黨」）。魏建功辭去「臺灣省國語運動推行委員會」主任職務，該職改由何容擔任。「臺灣文化協進會」出版許壽裳《魯迅的思想與生活》，這是臺灣於戰後出版的第一本有關魯迅的專著。

七月一日　游彌堅在《臺灣文化》上發表〈臺灣新文化運動的意義〉。官方將「高山族」改稱為「山地同胞」。

七月四日　國民政府通過「全國總動員戡亂建國案」。

七月廿三日　毓文在《臺灣新生報》發表〈打破緘默談「文運」〉。

七月卅一日　「二二八」事件參與者「自首」日期截止，達三千餘人。

八月一日　《臺灣新生報》副刊《橋》創刊，後展開一場關於臺灣文學發展方向的論戰。

十月十九日　許壽裳在臺灣寫作的《亡友魯迅印

象記》，由上海峨眉出版社出版。

十月　《自立晚報》創刊，發行人吳三連。由上海話劇藝人組織的「上海觀眾演出公司」，到臺北演出《清宮外史》、《岳飛》。

十一月七日　藍明谷發表〈臺灣新文學建設〉，提出「人民文學論」。

十一月　歐坦生在上海發表以「二二八」事件為背景的小說〈沉醉〉。

十二月十四日　呂訴上等發起成立「臺北市電影戲劇促進會」。

十二月廿一日　歐陽明在《南方週報》創刊號發表〈論臺灣文學運動〉。

十二月　李何林在大成出版公司出版《「五四」運動》，同時作為「中華民國歷史小叢書」問世的其他著作有蔡元培等《中國新文學大系導論集》、吳文祺《新文學概要》等。

一九四八

一月一日　「銀鈴會」主辦的《潮流》創刊，一九四九年四月停刊。

二月十日　王詩琅在《南方週報》第三期發表〈臺灣新文學運動史稿〉。

二月十八日　許壽裳被暗殺。李何林、李霽野、袁珂等或返回大陸，或被驅逐出境。

三月十五日　新疆歌舞團到臺北市中山堂舉行首場演出。

三月廿九日　楊逵在《臺灣新生報》發表〈如何建立臺灣新文學〉。

五月一日　《臺灣文化》推出「悼念許壽裳先生特輯」。

五月二十日　蔣介石和李宗仁分別任中華民國總

統和副總統。

五月　「動員戡亂時期臨時條款」施行。

吳濁流出版日文短篇小說集《波茨坦科長》。

七月　陳大禹的劇本《臺北酒家》用方言、日語和普通話的混雜形式出現，引發大陸去臺作家與本省作家的論爭。

七月卅日至八月廿二日　《臺灣新生報》連載駱駝英〈論「臺灣文學」諸論爭〉。

八月十日　《臺灣文學叢刊》創刊，同年十二月停刊。

九月一日　「臺灣再解放聯盟」向聯合國申請「托管臺灣」。

九月　耿庸到臺灣。

十月廿五日　《國語日報》創刊。

十月　魏建功重返北京大學任教。歐坦生發表堅持民族團結的小說〈鵝仔〉。

十一月底　紀弦從上海到臺灣。

是年，臺灣先後舉辦大陸國畫家劉海粟、關良、豐子愷畫展。

一九四九

一月二日　傅斯年出任臺灣大學校長。

一月五日　陳誠就任臺灣省主席。耿庸從臺灣楊逵所注中日對照本《送報伕》寄給大陸胡風。

一月廿一日　蔣介石宣布下野，由李宗仁代行總統職權。同日上海《大公報》轉載楊逵的《和平宣言》。

一月廿四日　歌雷在《臺灣新生報》發表〈臺灣

文學的方向〉。

二月廿一日　葉石濤在《臺灣新生報》發表短篇小說〈三月的媽祖〉，此為光復初期描寫「二．二八」事件的重要作品之一。

三月廿九日　《臺灣新生報》「橋」副停刊擺，共出版二二三期。

三月　《中央日報》正式在臺北發行。

四月二日　臺灣省立師範學院臺語戲劇社出版學生刊物《龍安文藝》。

四月六日　二百多名學生被臺灣警方逮捕，是為「四六事件」。

四月　「銀鈴會」解散。

五月二十日　臺灣警方發布的戒嚴令開始實施。

六月　發行新臺幣。大陸赴台作家雷石榆被捕，後被驅逐出境。

九月一日　臺灣省保安司令部成立，其職能之一是負責檢查書刊。

九月十九日　《公論報》「文藝週刊」創刊。

十月一日　中華人民共和國在北京宣告成立。隨後，臺北部分文化人聯名發表聲明批判這個所謂「偽政權」，而臺灣大學錢教授發表另一種聲明，說前面的聲明是捉刀代筆，不少人並沒有簽名。

十月九日　楊逵被判十二年有期徒刑。

十月　《寶島文藝》創刊，共出版十二期。《臺灣新生報》副刊展開「戰鬥文藝」的討論。

十一月三日　孫陵發表被稱為「反共文藝」第一聲〈保衛大臺灣〉歌詞，後因歌名與「包圍打臺灣」諧音而被停唱。

十一月四至七日　《中央日報》公布《省府查禁反動書籍目錄》。

十一月十六日　孫陵主編的《民族報》副刊率先提出「反共文學」口號。

十一月十七日　《中華日報》發表社論〈袖手旁觀嗎?〉，嚴厲批判巴人同年十月十八日在《臺灣新生報》發表的雜文〈袖手旁觀論〉。

十一月二十日　《自由中國》在臺北創刊。

十一月　梁實秋出版《雅舍小品》。

十二月七日　國民政府遷臺北。隨之而來的文藝界人士一百多人，稍具知名度的三十多人。

十二月十三至十七日　《臺灣新生報》連載成鐵吾《女匪幹》，成為臺灣一九五〇年代小說描寫「匪幹」的樣板。

是年，臺灣省政府宣布實施「二七五減租條例」。

一九五〇

一月　美國總統杜魯門發表聲明不介入臺灣海峽事務，英國承認中華人民共和國。

二月十六日　《暢流》創刊，一九九一年七月停刊，共發行九九三期。

二月　作家、教授虞君質被捕。

三月一日　蔣介石復職。「中華文藝獎金委員會」成立。

三月十六日　《半月文藝》創刊。

三月　臺灣警方公布〈臺灣省戒嚴期間新聞雜誌管制辦法〉。此「辦法」和〈臺灣省戒嚴期間出版管制辦法〉一起，等於宣告中國現代文學史上除胡適個別人外，凡有價值的文學作品和學術著作一概免談，它用行政干預的方式宣告「五四文化」在臺灣的斷層。

四月一日　《臺灣新生報》之《每週文藝》創

刊，共出二十八期。

四月廿四日　官方公布查禁書單二三六種（含文教以及郭沫若作品、曹禺著作七種）。

四月　中共臺灣省工委書記蔡孝乾被捕後叛變。

五月四日　「中國文藝協會」在臺北成立。《中央日報》發表羅家倫的長文〈五四的真精神〉，並同時發表陳紀瀅的商榷文章〈為「五四」請願——並向羅家倫先生請教〉。該報副刊應用一整版製作「紀念文藝節」專號。陳紀瀅同天在該報發表〈感慨而不悲哀——祝中國文藝協會成立〉，正式提出向中共作戰的「筆部隊」概念。

五月七日　《臺灣新生報》發表多篇攻擊魯迅的文章。

五月　葛賢寧出版長詩《常住峰的青春》。

六月二日　由「中國文藝協會」主辦的《臺灣新生報》之《每週文藝》副刊創立，十一月停刊，共出廿六期。

六月十三日　當局公布〈勘亂時期檢肅匪諜條例〉。

六月十四日　《中華日報》「文藝」副刊創辦，由「中國文藝協會」主持，一九五四年五月停刊，共出一九二期。

六月十八日　原臺灣省主席陳儀因反對內戰而遭處決。

六月廿七日　美國第七艦隊巡防臺灣海峽。

六月　隨著朝鮮戰爭爆發，美國領導人杜魯門發表「臺灣海峽中立」宣言。《軍中文摘》創刊。余光中從香港到臺灣，由廈門大學開轉學證明時用「公元」而未用「民國」，這份所謂「偽證明」使余光中險些被臺灣大學拒之門外。楊蔚因「華東地區人民解放軍臺灣工作團」一案被捕。

十一月　《野風》創刊，共出一九二期。呂赫若同月失蹤。《自立晚報》副刊主編吳一飛被捕。作家朱點人被判死刑後槍決，先後遭處決的作家還有徐瓊二。墨人出版詩集《自由的火焰》。陳紀瀅主持的重光文藝出版社成立。

十二月　林衡立在《臺灣文化》發表〈阿里山曹族獵狩風俗之革除〉。「中國文藝協會」以「文藝到軍中」的口號推動部隊文藝創作。

一九五一

一月五日　臺灣省政府第一八二次會議修正通過〈臺灣省政府保安司令部檢查取締違禁書報雜誌影劇歌曲實施辦法〉。

一月　美國開始對臺灣實行軍事援助。

二月　徐蔚主編的《自由中國文藝選集》出版。

三月十五日　「中國文藝協會」主辦「小說研習班」開學。

四月七日　「國防部」發表告文藝界人士書，倡導軍中文藝運動。

四月　魯迅研究者藍明谷作為「匪諜」被處決。陳紀瀅長篇小說《荻村傳》出版。

五月四日　《中央日報》發表教育部長程天放〈敬告自由中國文藝界忠貞人

士〉，刊登陳紀瀅〈這一年——中國文藝協會成立週年〉和王藍〈建立文藝陸海空〉。《文藝創作》創刊，共出版六十八期。

五月五日　《中央日報》刊出蔣介石祝賀「中國文藝協會」成立一周年的電文。

五月　紀弦出版詩集《在飛揚的時代》。

六月　報禁開始實施。

七月三十日　臺灣省保安司令部又公布〈臺灣省各縣市違禁書刊檢查小組組織及檢查工作補充規定〉，檢查小組由警察局長擔任組長。

七月　當局頒布管制書刊進口令。負責臺灣省國民黨黨務的李友邦被當作「匪諜」處決。省籍作家柯旗化因擁有唯物辯證法書籍被捕。

九月　葉石濤因知情不報臺共成員和閱讀左翼書籍被判刑三年。

九月十五日　蔣介石召見「中國文藝協會」負責人張道藩。

十月五日　王詩琅發表〈半世紀來臺灣新文學運動〉。

十月十日　「中國文藝協會」舉辦「懷念大陸影展」。

十月　段彩華出版中篇小說《幕後》。

十一月五日　《新詩週刊》創刊，至一九五三年九月停刊。

是年，臺灣實施地方自治，臺南人吳三連當選首屆臺北市民選市長。牛哥在《中央日報》連載〈牛伯伯打游擊〉。

一九五二

一月一日　蔣介石發表文告，推行「反共抗俄」總動員。

二月七日　《公論報》之《文藝論評》週刊創刊。

二月　王集叢出版《三民主義文學論》。

三月一日　《中國文藝》創刊，王平陵主編，一九五四年停刊。

三月　張道藩任立法院院長。高雄「大業書店」成立。余光中出版處女詩集《舟子的悲歌》。

四月　「文星書店」開張。

五月四日　張道藩在《中央日報》發表〈論當前文藝創作三個問題〉。「中國文藝協會」舉行兩週年成立紀念大會，蔣介石祝詞勉勵，行政院長陳誠出席致詞，後選舉該會領導人時發生爭執。

五月八日　《中央日報》公布《總政治部文化勞軍書刊目錄》，含《女匪幹》、《反攻大合唱》等作品。

五月廿八日　詩人節慶祝大會在臺北舉行時，當場發起為新詩大合唱寫一組以「中華民國萬歲」為題的歌詩，由紀弦等人集體創作，計一九四行，後在《中華日報》發表。

六月一日　《文壇》創刊。

六月　張秀亞出版散文《三色堇》。朱西甯出版短篇小說集《大火炬的愛》。

七月　《海島文藝》創刊，一九五四年三月停刊。

八月四日　「中國文藝協會」對大陸發起「文藝作戰」攻勢，發表所謂「揭發共匪文藝整風運動暴行陰謀，並支持大陸上被迫害的文藝界人士宣言」，還舉行三次廣播座談。

八月五日　「中國文藝協會」開始在電臺舉辦「指名喊話」，號召大陸作家從事反共活動，其中李辰冬「喊」朱光潛，王藍「喊」吳祖光，陳紀瀅「喊」張光年，方守謙「喊」曹禺，何容「喊」老舍，趙友培「喊」張駿祥。

九月一日　「中國文藝協會」主辦《會務通訊》創刊，後於一九六〇年五月停刊。

九月十六日　《自由中國》發表社論〈對於我們教育的展望〉，軍中政治部由此下令禁止軍人閱讀該刊。

九月　《反共抗俄詩選》出版。

十月一日　蘇雪林由法國到臺灣。

十月十六日　官方查禁路逾作品《紀弦詩集》。

十月　「中國青年反共救國團」在臺北成立。

十一月十九日　胡適由美國到臺灣做民主自由的演講。大陸赴台美術家黃榮燦被當作「匪諜」處決。

十一月　省籍作家廖清秀的《恩仇血淚記》獲中華文藝獎金委員會長篇小說第三名。

十二月　當局嚴禁用日文和方言教學。《臺北文物》創刊。

是年，張漱菡出版長篇小說《意難忘》。潘人木的反共長篇小說《蓮漪表妹》出版，後獲官方文藝大獎。美國新聞工作處在香港成立今日世界出版社，眾多臺港作家參與其中。

一九五三

一月　《文藝列車》創刊。聶華苓出任《自由中國》文藝欄目主編。

二月一日　《現代詩》季刊創刊。

三月　《晨光》月刊創辦。

四月五日　覃子豪出版《海洋詩抄》。

五月一日　《文藝創作》發表張道藩〈論文藝作戰與反攻〉。「中國語文學會」成立。

七月十日　劉振強創辦三民書局。

八月二日　「中國青年寫作協會」成立。

九月十六日　《聯合報》正式創辦。

九月　蔣介石發表〈民生主義育樂兩篇補述〉。臺灣省教育廳通令自本年起，一律採用標準教科書。「中華文藝函授學校」在臺北創立。廖清秀出版長篇小說《冤獄》。張秀亞出版短篇小說集《尋夢草》。

十月　彭歌出版長篇小說《殘缺的愛》。張默、瘂弦主編《創世紀》創刊。

十一月一日　林海音開始主編《聯合報》副刊。

十一月十一日　「中國文藝協會」舉辦歡迎「香港文藝工作者回國觀光團」茶會，訪問團成員有徐訏、李輝英等人。

十一月　蓉子出版新詩《青鳥集》。郭衣洞（柏楊）出版長篇小說《蝗蟲東南飛》。

十二月　「中國文藝協會」發表該會全體委員〈研讀總統手著《民生主義育樂兩篇補述》的心得以及建議〉，希望當局從速制定「民生主義社會文藝政策」。警方下令停唱張道藩歌詞〈老天爺〉。王平陵出版長篇小說《茫茫夜》。何凡開始在《聯合報》副刊撰寫「玻璃墊上」專欄。

是年，當局實施「耕者有其田」、「六期四年經濟建設計劃」，為臺灣成為「亞洲四小龍」打下基礎。劉守宜創辦「明華書局」。孫陵出版長篇小說《大風雪》。陳映真閱讀禁書魯迅的《吶喊》。預定上檔的粵語片，經人檢舉片中演員紅線女「附匪」，即遭禁演。陳暉創辦大業書店。

一九五四

一月　孟瑤出版長篇小說《幾番風雨》。

《文藝月報》創辦。

二至四月　張道藩在《文藝創作》發表〈三民主義文藝論〉。

二月廿二日　《皇冠》創刊。

三月　胡適回臺灣參加國民大會。

三月一七至二十日　考試院副院長羅家倫發表〈簡體字提倡甚為必要〉，引發論戰。

三月二十日　由覃子豪等人發起的「藍星」詩社在臺北成立。

三月廿九日　《幼獅文藝》創刊。

四月十一日　曾任國民黨中宣部代部長的葉青發表文章，認為提倡簡體字不能視為「與共匪隔海唱和」，胡秋原稍後發表〈論政府不可頒布簡體字〉。

四月　新劇作家簡國賢被當作「匪諜」而遭槍決。

五月一日　《中華文藝》創刊。

五月廿一日　牛哥與唐賢龍一連串互控對方為「黃黑赤打手」的論戰開始。

五月廿八日　臺北文獻委員會主辦「北部新文學新劇運座談會」。

五月　紀弦出版詩集《摘星的少年》。

六月　《藍星》詩週刊發行。

七月廿六日　「中國文藝協會」發起清除赤色、黑色、黃色的「文化清潔運動」。

七月　《紀弦詩論》出版。

八月九日　各報刊載《自由中國各界為推行文化清潔運動厲行除三害宣言》。

八月十二日　《臺北文物》出版「臺灣文學特輯」。

九月十六日　《自由中國》發表社論〈對文化清潔運動的兩項意見〉。

九月　蘇雪林出版《雪林自選集》。

十月十日　《創世紀》詩刊問世。

十月　《自由中國》發表李敻〈我們需要一個文藝政策嗎？〉。

十一月五日　內政部公布〈戰時出版品禁止或限制刊載事項〉，五天後被「行政院」取消。

十一月廿五日　「大陸光復設計委員會」成立，陳誠任主任委員，胡適等人為副主任委員。

是年，「中國文藝協會」出版《自由中國文藝創作集》、《自由中國文藝論評集》。謝冰瑩出版散文集《愛晚亭》。

一九五五

一月　蔣介石提倡「戰鬥文藝」。

二月十三日　解放軍解放大陳列島，引發首次臺海危機。

三月　《現代文藝》創刊。

三月　《軍中文藝》舉辦「戰鬥文藝」討論會。林亨泰出版詩集《長的咽喉》。

四月一日　《文藝月報》出版「戰鬥文藝專號」。

四月五日　鄭愁予出版詩集《夢土上》。官方查禁香港作家徐訏《生與死》。

五月五日　「臺灣省婦女寫作協會」成立。

五月　受「中華文獎會」贊助的某舞蹈團演出新疆舞蹈，後被人檢舉係蘇聯作品，張道藩為此提出辭呈（未果）。

六月　陳紀瀅出版反共長篇小說《赤地》。呂訴上出版四幕話劇《還我自由》。

七月初　胡秋原為「正聲電臺」撰寫向大陸廣播的文稿〈毛澤東要殺胡風嗎〉。

七月廿一日　「教育部中華基金委員會」設立文藝獎。

七月　葛賢寧出版《論戰鬥文學》。

八月二十日　「孫立人案」暴發。

八月　艾雯出版散文集《生活小品》。

九月三日　「中國文藝協會」王藍、謝冰瑩等廿七人到臺灣省刑警總觀賞所謂「風化電影」，後釀成「春宮電影事件」，這場風波終由蔣經國出面平息。

九月十六日　《徵信新聞報》之「人間副刊」創辦。

九月　覃子豪出版詩集《向日葵》。

十月　國防部總政治部舉辦「戰鬥文藝座談會」。

十一月三日　資深作家張我軍去世。

十二月　林海音出版散文小說合集《冬青樹》。

一九五六

一月十五日　「現代派」成立於臺北，後提出新詩乃是「橫的移植」等六大信條。

一月　國民黨「中常會」通過《展開反共文藝戰鬥工作案》。鍾鼎文出版詩集《山間詩抄》。《今日文藝》創刊。

二月十六日　《自由中國》發表李經〈戴五星帽的文學批評——毛澤東文藝思想

的初步分析〉。

三月 臺灣省政府新聞處編印《新聞業務手冊》，規定對中共幹部一律稱「匪幹」，或「所謂」或「什麼」等字眼表示強烈的批判和否定。

四月 吳濁流長篇小說《胡志明》易名為《亞細亞的孤兒》在東京出版。

八月 彭歌出版長篇小說《落月》。

九月二十日 《文學雜誌》創刊，夏濟安主編，共出版四十八期。

九月 《艾雯散文集》出版。

十月 紀弦出版《新詩論集》。《自由中國》出版給蔣介石的「祝壽專號」，該刊由此帶來莫大的災難。

一九五七

三月 梁容若出版《容若散文集》。

四月 省籍作家鍾肇政等人編輯的油印版

十一至十二月 當局開始批判自由主義者胡適。

十一月 鍾理和的《笠山農場》獲「中華文藝獎金委員會」二等獎（一等獎從缺），黃荷生自費出版詩集《觸覺生活》。

十二月 「中華文藝獎金委員會」停辦。鳳兮在《幼獅文藝》發表《文藝作戰部隊今何在》。

是年，李曼瑰出版五幕劇《維新橋》。齊如山出版《齊如山回憶錄》。蕭銅編《六十名家小說選集》出版。官方查禁穆中南的小說《大動亂》、《薛平貴與王寶釧》的成功帶動了臺灣片製作的加速發展和商業放映的熱潮。

《文友通訊》面世，共出版了十六期。

五月廿四日　發生攻打美國大使館事件。

六月　「中華民國筆會」在臺北重建，張道藩任會長。「中國詩人聯誼會」成立。旅美評論家夏志清在《文學雜誌》發表〈張愛玲的短篇小說〉。陳之藩出版散文《旅美小簡》。

八月二十日　覃子豪發表〈新詩向何處去〉，和紀弦展開論爭。

八月　王敬義出版小說集《青蛙的樂隊》。

九月　臺灣省警務處翻印〈保密防諜之路〉，其中規定用「共匪」的名詞如「解放」、慣用「共匪」的寫字方法、習用西曆者皆查禁。

十月五日　「中國文藝界聯誼會」成立。

十月　《張道藩戲劇集》七冊出版。姜貴自印反共長篇小說《今檮杌傳》（即《旋風》）。

十一月五日　《文星》雜誌創刊。

十一月十一日　孫陵長篇小說《大風雪》因所謂「為匪宣傳」被查禁，同時遭刑訊逼供。

十一月　吳魯芹出版散文《雞尾酒會及其它》。蘇雪林出版小說《天馬集》。

十二月　《小說》月刊創辦。洛夫詩集《靈河》出版。

是年，林語堂再版長篇小說《京華煙雲》。

一九五八

一月　「中國文藝協會」不定期編印《大陸文藝情資研究》。覃子豪出版論文集《詩的解剖》。白先勇發表短篇小說〈金大奶奶〉。

二月　王藍出版反共長篇小說《藍與黑》。

四月六日　胡適返臺後出任中央研究院院長。

五月四日　胡適重提「自由的文學」口號，反對政府指導文藝，後受到張道藩的批評。

五月十五日　「臺灣警備總司令部」在臺北成立。

八月廿三日　中國人民解放軍炮擊金門，引發第二次臺海危機。

八月　麥卡錫出任臺灣美國新聞處處長。

九月廿三日　抗日英雄賴和被當局戴上紅帽子，後從忠烈祠中除名。

九月　《瘂弦詩抄》出版。

十月六日　中華人民共和國國防部發表〈告臺灣同胞書〉。

十二月　《藍星詩頁》創刊。

是年，梁實秋出版《談徐志摩》。唐君毅、張君勱、牟宗三、徐復觀等人聯名發表〈為中國文化敬告世界人士宣言〉。將軍作家公孫嬿連出《飄香夢》等三部長篇小說。

一九五九

一月　白萩出版詩集《蛾之死》。《亞洲詩壇》創刊。

四月十六日　楊逵刑滿釋放後返臺。

四月十四日　鍾理和在《聯合報》副刊發表〈蒼蠅〉。

四月　改版後的《創世紀》強調詩的「超現實性」和「純粹性」。周夢蝶出版詩集《孤獨國》。王夢鷗出版《文藝技巧論》。

五月四日　《筆匯》革新號問世，共出版二十四期。

六月　鹿橋出版長篇小說《未央歌》。

七月一日　蘇雪林發表〈新詩壇象徵詩派創始者李金髮〉，後引起覃子豪反彈。

九月五日　陳映真發表短篇小說處女作《麵攤》。

十月　蔣介石和美國國務卿杜勒斯共同發表聲明放棄「反攻大陸」。《亞洲文學》創刊。

十一月十三日　「中國文藝協會」成立「表揚省籍作家」專案小組，出席者有林海音、廖清秀等。

十一月廿至廿三日　言曦連續在《中央日報》發表〈新詩閒話〉，後引發論戰。

十二月卅一日　當局以「暴雨專案」全面取締包括大陸作家、香港金庸在內地的武俠小說四〇四種。

是年，「警總」成立由國民黨中央黨部第四組等單位組成的「書報雜誌審查會報」。周夢蝶在臺北武昌街擺舊書攤，成為一幅文學地景。

一九六〇

一月一日　《文星》「詩的問題研究專號」出刊。《作品》創刊，一九六三年十二月停刊，共發行四十八期。

一月廿四日　孫陵任發行的《文藝週刊》創辦。

三月五日　《現代文學》創刊。

三月廿九日　鍾肇政首部長篇小說《魯冰花》在《聯合報》副刊連載。

五月四日　「中國文藝協會」成立十週年紀念大會召開。

五月廿九日　「中國詩人聯誼會」舉行詩人節慶

祝大會，出版上官予編選的《十年詩選》。

五月 葉珊（楊牧）出版詩集《水之湄》。

六月一日 《中華文藝》停刊，共四十期。

六月 蔣夢麟出版傳記《西潮》。

七月一日 《現代文學》第三期推出「水仙·湯姆斯曼專號」。

七月 林海音出版中短篇小說集《城南舊事》。

八月四日 鄉土作家鍾理和去世。

八月 陳映真在《筆匯》發表小說〈鄉村的教師〉。《亞洲短篇小說選》第十一集出版。

九月四日 試圖成立反對黨的雷震等人被捕，後拘禁十年，《自由中國》停刊。

九月 鍾理和出版遺作長篇小說《笠山農場》。

十月十日 《中國詩友》月刊創辦，一九六四年停刊。

十月廿四日 「中國文藝協會」與「中國詩人聯誼會」成立詩歌朗誦隊。

十一月 辛鬱出版詩集《軍曹手記》。

十二月廿五日 「中國文藝協會」《會務通訊》改為《文藝生活》出版。

是年，蔣介石當選為中華民國第三任總統，陳誠為副總統。王育德等人在日本成立臺獨團體「臺灣青年社」，日本由此成為海外臺獨運動中心。聶華苓出版長篇小說《失去的金鈴子》。

一九六一

一月十日 《現代文學》第六期推出「吳爾芙專號」。

一月十二日　「中國文藝協會」討論武俠小說寫作及出租現狀與影響。

一月　張默、瘂弦主編《六十年代詩選》出版。

三月三日　《公論報》受假沒收處分。

三月七日　評論家葛賢寧去世。

三月　王禎和發表小說〈鬼·北風·心〉。

四月六日　楊逵刑滿釋放後返臺。

四月　「中國文藝協會」出版《中國文藝復興運動》一書，作者有胡適、王雲五等四人。高準出版詩集《丁香結》。姜貴出版長篇小說《重陽》。

五月　《中國新詩》創刊，八月停刊。

六月二十日　《臺灣新聞報》的副刊《西子灣》創辦。

六月　由余光中翻譯的《中國新詩選》在美國新聞處出版。

七月二十日　《現代文學》第九期「沙特專輯」出刊，洛夫發表〈天狼星論〉。

七月　《詩·散文·木刻》創刊，一九六三年四月停刊。

八月十四日　徐復觀在香港發表文章，嚴厲批評現代藝術，後來畫家劉國松發表〈為什麼把現代藝術劃給敵人〉，引發現代藝術論戰。

八月　柏楊出版長篇小說《異域》。張深切出版描寫「霧社事件」的劇本《遍地紅》。

九月　呂訴上出版《臺灣電影戲劇史》。

十月十三日　張愛玲短期訪問臺灣。

十一月一日　李敖發表向國民黨高層人物挑戰的〈老年人和棒子〉。

十二月十日　余光中在《藍星》發表〈再見，虛無！〉

是年「中華商場」的落成，標誌著臺灣「克難年代」的終結。這個商場和「中國書城」「中華書城」一起成為臺北市民記憶的重要部分。夏志清出版英文著作《中國現代小說史》。華嚴長篇小說《智慧的燈》出版。臺灣美國新聞贊助出版英譯的臺灣小說和新詩。

一九六二

一月一日　李敖在《文星》發表〈播種者胡適〉。「中國文藝協會」借《中國晚報》創辦「文藝雙週刊」。

一月十四日至六月十九日　郭良蕙在《徵信新聞報》連載長篇小說〈心鎖〉。

二月廿四日　自由主義大師胡適去世。

二月　紀弦宣布取消「現代派」。李敖在《文星》發表〈給談中西文化的人看看病〉，兩個月後，胡秋原發表七萬多字的文章進行反駁，中西文化論戰由此以《文星》雜誌為主戰場展開。

三月一日　《文星》推出追思胡適及中西文化問題專號。

三月十八日　戲劇家齊如山去世。

三月　蘇雪林發表借悼念胡適為名大談文壇往事的文章，後引來劉心皇等人的嚴厲批判。由《革命文藝》改版的《新文藝》創刊。柏楊創辦平原出版社。

四月廿六日　臺灣電視公司（「臺視」）開播。

五月四日　《野火詩刊》創辦，出刊至第四期後停刊。

五月　鍾肇政出版長篇小說《濁流》。

六月一日　《傳記文學》創刊。

六月　吳濁流長篇小說《亞細亞孤兒》中譯本面世。

七月十五日　《葡萄園》詩刊創刊。

八月　司馬中原長篇小說《荒原》出版。

九月十六日　內政部出版事業管理處成立。

十月一日　李敖在《文星》發表〈胡秋原的真面目〉。

十月上旬　胡品清從法國回臺灣，後被人檢舉「通共」——她在巴黎出版的詩詞選中選入了毛澤東的一首詞。

十月　《葡萄園》總編輯文曉村因違反「軍人不得組社辦刊」的規定，被軟禁半年。

十一月廿二日　胡秋原控告《文星》雜誌發行人蕭孟能、作者李敖等三人連續誹謗案開庭。

十二月　「第一屆亞洲作家會議」在菲律賓召開，余光中等人出席。

是年，電影金馬獎創辦。施明正因「亞細亞同盟案」入獄五年。楊逵開始經營東海花園，試圖將其打造成臺中文化城。

一九六三

一月一日　郭良蕙小說《心鎖》因有性描寫而被禁。

二月一日　《野風》半月刊停刊，共發行一九二期。

三月　梅遜等創辦大江出版社。

四月十一日　《時與潮》雜誌因刊登雷震獄中詩作遭停刊一年處分。

四月廿三日　《聯合報》發表短詩〈故事〉，情治部門認為是影射總統無能，遭最高當局追查，後持續十三年之久各報均不敢再登新詩。

四月廿四日　「中國文藝協會」決議註銷郭良蕙會籍。

五月四日　「中國文藝協會」發表〈當前文藝工作概況與我們的主張〉。

五月　葉維廉出版新詩集《賦格》，劉心皇自印批判蘇雪林的文集《文壇往事辨偽案》。

六月一日　針對國語的純正散文觀，余光中在「文白之爭」中發表〈剪掉散文的辮子〉，提出革新散文的一系列主張。

六月十日　嘉新水泥公司捐一千萬元成立文化基金會。

七月　在電臺主持「安全島」的羅蘭出版散文集《羅蘭小語》。

八月　胡秋原主編《中華雜誌》創刊。琦君出版散文集《煙愁》。

九月　瓊瑤出版言情小說《窗外》，暢銷後引起話題，造成將近四十年的「瓊瑤風」。李敖出版雜文集《傳統下的獨白》。

十月十日　詩人覃子豪去世。

十一月十七日　大中學生開展不看日本電影、不買日貨、不講日語、不閱讀日本書刊、不聽日語音樂的「五不運動」。

十一月廿五日　臺中《民聲日報》副刊《詩展望》創刊。

十二月　劉心皇自印第二本攻訐蘇雪林的文集《從一個人看文壇說謊與登龍》。

是年，文星書店開始出版「文星叢書」，引發一場出版界革命。於梨華出版長篇小說《夢回青河》和短篇小說《歸》，引起一股「留學生文學風」。耕莘文教院成立。

一九六四

一月十三日　資深作家王平陵去世。

一月　當局禁日本電影上映。陳映真發表短篇小說《將軍族》。

二月一日　《現代詩》停刊，共出版四十五期。

二月　臺灣與法國斷交。日本首相池田勇人發表「臺灣地位未定論」。

三月六日　臺灣官方鄭重聲明「臺灣是中國的一省」。

三月　王尚義遺作《從異鄉人到失落的一代》出版。

四月一日　《臺灣文藝》創刊，負責人吳濁流遭「警總」約談，要求他改用「中國」或「中華」的刊名，未果。

四月十五日　余光中寫作〈下五四半旗！〉，後發表於《文星》第七十九期。

四月　由羅門主編的《藍星年刊》創辦。

六月十五日　由林亨泰等任發行人的詩刊創刊。

六月十八日　文化名人蔣夢麟去世。

六月二十日　由朱沈冬主編的《現代詩頁》創刊，共出版八期。

六月　余光中出版新古典主義詩集《蓮的聯想》。

七月　李敖出版《文化論戰丹火錄》。

九月二十日　臺獨首領彭明敏因印製〈臺灣人民自救宣言〉被捕。

十月十五日　由李升如任社長的《作家》創刊。

十月廿五日　臺中《臺灣日報》創刊。

十一月五日　國民黨第二次新聞工作會談通過「加強新聞與文藝工作合作，以擴大文藝戰鬥功能，促成反攻大業」一案。

十一月十七日　《聯合報》主筆戴杜衡去世。

十一月廿三日　《中國新詩》創刊，一九七六年五月共出版十二期。

十二月廿五日　文星書店重印歷代絕版書籍一百種，共三百冊。

十二月　文曉村出版詩集《第八根琴弦》。

是年，陳西瀅《西瀅閒話》在臺重版，再次掀起二十世紀六〇年代的反魯迅風潮。曾任香港亞洲出版社總編輯的趙滋蕃來臺定居。

一九六五

一月一日　介紹西方現代主義戲劇思潮的《劇場》創刊。

一月　蔣經國就任國防部長。洛夫出版現代主義詩集《石室之死亡》。

二月十三日　編輯家夏濟安去世。

二月廿六日　《讀者文摘》中文版創刊。

三月　王鼎鈞接任《徵信新聞報》「人間」副刊主編。

四月八日　「國軍新文藝運動輔導委員會」成立。「第一屆國軍文藝大會」召開，蔣介石在會上提出新文藝運動推行綱要。

六月廿一日　中國文藝年鑑編委會成立，主任郭衣洞（柏楊）。

七月一日　李敖發表〈沒有窗，哪有《窗外》〉，抨擊以瓊瑤為代表的「新閨秀派」。《劇場》第三期介紹黑澤明作品《羅生門》。

七月　美國停止對臺灣的經濟援助，過去十五年經援約十五億美元。

八月十日　國防部設立「國軍文藝活動中心」。

九月　「臺灣獨立總部」在日本成立。「中山學術文化基金會」董事會成立，下設「文藝創作獎助審議委員會」。

十月三日　日據時期作家王白淵去世。

十月　為慶祝光復二十週年，鍾肇政主編《本省籍作家作品選集》共十冊出版。另有《臺灣省青年文學叢書》十冊問世。第一屆「國軍文藝金像獎」舉辦。

十一月　葉石濤復出文壇後發表論文〈臺灣的鄉土文學〉。同月，洛夫奉派越南戰地服務。

十二月一日　提倡現代藝術的《前衛》雜誌創刊。

十二月廿六日　《文星》雜誌被查封。

是年，志文出版社。張愛玲的《怨婦》登陸臺灣。「現代詩展」舉辦。

一九六六

一月　趙天儀出版《美學引論》。《陽明》雜誌創刊。

二月　《中國文藝年鑑一九六六》出版。徐復觀出版《中國藝術精神》。

三月　孟瑤出版《中國小說史》，後被人檢舉該書為拼湊大陸學者之作。

四月五日　《新文藝》出版「恭祝　總統當選連任特輯」，頭條刊出蔡文甫的小說〈豬狗同盟〉，後被人檢舉文中主角「郭明輝」係指「國民大會」，母豬生了十八隻小豬，是在影射「蔣總統」連任十八年。此案由「警總」查辦，後蔡文甫有驚無險。

四月　第一屆臺灣文學獎揭曉，得獎者有鍾肇政等人。鍾梅音出版散文集《海天遊蹤》。

五月　胡秋原與「國防部總政治部」聯手，發起大規模的「國內學人教授一千六百餘人駁斥美國姑息分子費正清運動」。

六月四日　中山文藝獎設立。

六月廿七日　三浦綾子長篇小說《冰點》引發兩大報搶譯大戰。

七月七日　臺北文藝界歡迎林語堂回臺定居。

七月　葉石濤開始在《臺灣文藝》發表有關臺灣作家的系列論文。

八月　「文星叢刊」為九位青年作家出書，其中張曉風《地毯的那一端》一路走紅。

九月十六日　《書目季刊》創刊。

十月十日　《文學季刊》創辦。陳若曦到大陸任教。《中央日報》出版批判一九三〇年代文藝的「三十年代文藝論叢」。三民書局推出「三民文庫」。

十一月十二日　第一屆「中山文藝創作獎」揭曉，其中王夢鷗獲文藝理論獎。

十一月廿八日　國民黨九屆四中全會通過「中華文藝復興運動推行綱要」，繼續倡導「戰鬥文藝」。

十二月　吳濁流選集出版。

是年，王尚義的遺作《野鴿子的黃昏》出版後引起轟動效應，年輕人幾乎人手一冊。臺大教授殷海光因發表批評政府言論遭解聘。

一九六七

一月一日　林海音主編《純文學》創刊，該刊從第二期起開設「近代中國作家與作品」專欄，衝破禁區介紹當代大陸作家。

二月　動員戡亂時期國家安全會議召開，國家安全局隨之改隸。

三月四日　《臺灣新生報》創辦每週刊登一篇星期小說的《新生週刊》。

三月十八日　為對抗大陸興起的文革，臺灣眾多文藝團體先後舉辦「打擊共匪文藝整風座談會」。

三月廿七日　鹽分地帶作家吳新榮去世。

三月　蘇雪林出版反魯文集《我論魯迅》。

四月十日　《文學季刊》第三期發表黃春明〈青番公的故事〉、陳映真〈第一件差事〉、七等生〈黑眼珠與我〉。

四月　七等生出版小說集《我愛黑眼珠》。

五月　司馬桑敦出版長篇小說《野馬傳》，其暴露了社會的黑暗。

六月　歐陽子出版短篇小說集《那長頭髮的女孩》。

七月一日　《青溪》雜誌創刊。

七月廿八日　「中華文化復興運動推行委員會」成立。

八月廿五日　《現代文學》第三十二期為「短篇小說研究專號」。

十月三日　針對大陸清除「文藝黑線」，臺灣十個文藝社團發表〈我們對毛共迫害文化人的共同看法〉。

十月　鄭愁予出版詩集《窗外的女奴》。

十一月八日　吳濁流拒絕刊載葉石濤〈兩年來的省籍作家作品〉，事後葉石濤罵吳濁流「自私自利……是政客。」

十一月十一日　「文化漢奸」梁容若以《文學十家傳》獲「中山學術文化基金會」的文學史獎，遭到徐復觀、劉心皇、高陽、胡秋原等人的批判。

十一月十二日　「中華民國新詩學會」成立。

十一月十六日　教育部文化局成立，其中第二處主管文藝工作，一九七三年撤銷該處。

十一月廿一日　國民黨九屆五中全會通過「當前文藝政策」，分基本目的、創作路線等八項。

十一月　羅蘭繼出版《羅蘭小語》後又出版《羅蘭小說》，作者由此在二十世紀六十年代家喻戶曉。《中國文藝年鑑　一九六七》出版。

十二月五日　張道藩等四十人聯合發表〈我們為什麼要提倡文藝〉。

是年，《臺灣新生報》副刊主編童常被捕，後判處死刑。以於梨華、孟絲、吉錚為代表的「留學生文學」掀起狂潮。臺灣首個直轄市臺北市出現。

一九六八

一月一日　《大學雜誌》創刊。

一月　林亨泰出版《現代詩的基本精神》。

二月　姚一葦出版《藝術的奧秘》。

三月四日　柏楊因翻譯《大力水手》漫畫被判十二年徒刑。

三月廿九日　《中華文化復興》月刊創辦。

三月三十日　彭歌在《聯合報》副刊撰寫「三三草」專欄。

四月十四日　《臺灣文藝》連載吳濁流自傳體小說《無花果》，並發表葉石濤原被拒刊的〈兩年來的省籍作家及其小說〉。

四月　文星書店停辦。

五月廿七日　「全國第一次文藝會談」開幕，為期三天。

五月　「國軍戰鬥文藝工作隊」成立。陳映真因參與並起草「民主臺灣同盟宣言」被捕。

六月八日　藝術家崔小萍以「匪諜」罪名而被逮捕。

六月十二日　「文藝總管」張道藩去世。

六月　鍾肇政的中短篇小說集《大肚山風雲》出版。

七月七日　由羊令野主編的《青年日報》之「詩隊伍」創刊。

八月　蘇雪林出版《文壇話舊》。

九月一日　《徵信新聞報》更名為《中國時報》。

九月　中國電視公司（中視）成立。《葉石濤評論集》出版。

十月　白先勇出版短篇小說集《遊園驚夢》。

十一月　內政部查禁司馬桑敦的長篇小說《野馬傳》。開報導文學之先聲的《綜合月刊》創辦。

十二月廿五日　批判梁容若的文集《文化漢奸得獎案》出版。

是年，當局實施九年國民義務教育。《張愛玲短篇小說集》出版。辛鬱等人創辦十月出版社。林海音創立純文學出版社。「年度小說選」第一集出版。

一九六九

一月　胡秋原發表長文〈關於一九三二年文藝自由論辯〉，糾正夏志清《中國現代小說史》中的史實錯誤。

《創世紀》休刊，共出二十九期。

一至三月　顏元叔在刊物上連載《新批評學派的文學理論和手法》，系統介紹

「新批評」。

三月一日　瘂弦開始主編《幼獅文藝》。

三月　由洛夫等人合編的《中國現代詩論選》出版，後引發爭議。夏志清在《現代文學》發表〈白先勇論〉。

四月　「臺灣省婦女寫作協會」易名為「中國婦女寫作協會」。

五月　王禎和出版鄉土小說集《嫁妝一牛車》。

六月十五日　《笠》第一屆詩獎由周夢蝶、李英豪、陳千武獲得。

六月　洛夫在《幼獅文藝》發表〈超現實主義和中國現代詩〉。

七月二十日　「吳濁流文學獎基金會」設立。

七月廿一日　林語堂任中華民國筆會會長。

七月　《文藝》月刊創辦。「中國青年寫作協會」舉辦「復興文藝營」。

八月　《中國時報》「人間副刊」開闢海外專欄，導致「強勢副刊」崛起。

十月　黃春明出版短篇小說集《兒子的大玩偶》。商禽出版詩集《夢或者黎明》。

十一月三日　「中國電視公司」推出臺灣史上第一部電視連續劇《晶晶》，造成轟動效應。

十二月廿五日　五四風雲人物羅家倫去世。

十二月　劉心皇在《反攻》上發表〈自由中國初期的文壇〉。

是年，蔡同榮在美國成立全球性的「臺灣獨立聯盟」，並發行《臺灣公論報》。

一九七〇

一月廿三四日　《詩宗》創刊，共出五期，《吳瀛濤詩集》六冊出版。邵澗出版《不停腳的人》。

三月廿九日 評論家陳西瀅去世。

三月 林海音編《中國近代作家與作品》出版。

四月十二日 《臺灣文藝》主辦第一屆「吳濁流文學獎」頒獎。

四月十八日 海外臺獨人士黃立雄等人行刺蔣經國未遂。

四月廿三日 行政院通過〈臺灣地區戒嚴時期出版物管理辦法〉，此「法」成為查禁書刊利器。

四月 「中華民國編劇學會」成立。比較文學研究英文期刊《淡江評論》創辦。

五月 紀剛出版抗日長篇小說《滾滾遼河》。

六月廿三日 《大眾日報》發表讀者來信，檢舉紀弦為「文化漢奸」。

六月廿七日 中國書城落成。

六月 第三屆亞洲作家會議在臺北召開，由「中華民國筆會」會長林語堂主持。

八月十五日 白先勇創辦晨鐘出版社。

八月 日本將釣魚臺視為該國領土，引起臺灣當局抗議。

九月十一日 「中華文化復興總會」通過編印復興文藝叢書的決定。

九月 夏志清在《純文學》發表〈現代中國文學感時憂國的精神〉。

十月一日 《笠》詩刊以「作品合評」形式尖銳批評羅門的長詩〈麥堅利堡〉。

十月 吳濁流出版長篇小說《無花果》。葉維廉出版論文集《中國現代小說的風貌》。陳之藩出版散文集《劍河倒影》。

十一月一日 梁實秋出版散文集《關於魯迅》。

十一月廿八日　官方查禁王藍作品《碎夢》。

十二月　原《中央日報》總編輯李荊蓀因所謂「通匪」被捕。

是年，鄉土文學思潮崛起，現代主義文藝不再成為主流。聶華苓的長篇小說《桑青與桃紅》在《聯合概》連載時被腰斬。劉大任從美國訪問大陸。張良澤在成功大學兼任講師時，首次在高校講授魯迅作品後被學生檢舉，改授臺灣文學。鄭樹森在《聯合報》副刊開始介紹世界文學。杜鎮遠從廣東偷渡到澳門，然後在臺灣定居，於一九七六年出版描寫紅衛兵的長篇小說《失去》。黃靈芝《蟹》獲首屆濁流文學獎首獎。

一九七一

一月十日　張默、管管主編《水星詩刊》創辦。

一月十五日　《文學》雙月刊創辦，只出二期。

一月　黃得時發表《臺灣光復前後的文藝活動及民族性》。

二月九日　國民黨舉行「中央文藝工作研討會」，重彈文藝工作應以反共為原則的老調。

三月三日　《龍族》詩刊創辦，一九七六年五月停刊。

三月十九日　李敖被捕入獄，後以「叛亂罪」判刑十年。

三月　《雄獅美術》創刊。楊牧出版詩集《傳說》。王夢鷗出版《文藝美學》。洛夫編《一九七〇詩選》，後引發李敏勇的批評。

四月十四至十七日　臺北各高校學生舉行大規模保衛釣魚臺的集會和遊行，是為保釣事件。

四月　白先勇出版短篇小說集《臺北人》。

《中華文藝》創刊，一九八五年四月停刊。

七月　吳濁流新詩獎創辦。《純文學》改組，由劉守宜任主編。陳英雄出版第一本以漢字書寫的原住民小說《域外夢痕》。

八月一日　彭正雄創辦文史哲出版社。

八月　劉心皇出版《現代中國文學史話》。

十月十日　國防部主管「黎明文化事業公司」成立，由軍中作家田原任總經理。

十月廿五日　臺灣退出聯合國，中華人民共和國加入聯合國。

十月　中華電視公司（華視）開播。呂秀蓮出版《新女性主義》後遭查禁。和呂氏一起從事婦運的有施叔青、蘇慶黎、陳菊，一起被列為「四大女寇」。

是年，國民黨通令全臺灣機關學校，加強推行國語。隱地主編的《五十九年短篇小說選》出版。

一九七二

一月　《中國現代文學大系》八卷本出版，其中余光中的序言〈向歷史交卷〉引發爭論。

二月一日　《純文學》停刊。

二月廿八至廿九日　關傑明發表〈中國現代詩人的困境〉，引發論戰。發行人莊蔡秀蓮，為莊牧心夫人。

三月十至十一日趙友培在《中華日報》發表《我國大學文學教育的前途》，後引發歷時一年的論爭。

三月　蔣介石當選第五屆總統，嚴家淦任

副總統。

三月八日　《詩宗》停刊，共四十期。

四月二日　《國語日報》之《兒童文學週刊》創辦。

四月四日　官方成立御用寫作班子，以「孤影」為筆名在《中央日報》連載〈一個小市民的心聲〉，嚴厲聲討陳鼓應關於開放學生運動的言論。

五月　蔣經國就任行政院長。水芙蓉出版社成立。

六月一日　《中外文學》創刊。

六月　《陳映真選集》在香港出版。

七月　顏元叔發表〈颱風季〉，引發一場如何評價洛夫詩歌的論戰。高信疆發表〈洪通繪畫的通俗演義〉，使洪通的鄉土藝術開始受到關注。

八月　胡秋原在《中華雜誌》發表〈關於《紅旗》之誹謗答史明亮先生〉，就北京出版的《紅旗》說他是「託匪」一事作出澄清。

九月一日　《書評書目》創刊。《創世紀》詩刊復刊。

九月十至十一日　關傑明發表〈中國現代詩人的幻境〉。

九月廿八日　「華欣文藝工作者聯誼會」成立。

十月六日　資深作家吳海濤去世。

十月卅一日　大陸赴臺作家黎烈文去世。

十二月七日　台視、中視、華視等三家電視臺奉命減少方言節目時間。羅青出版詩集《吃西瓜的方法》。

十二月　以譯介現代文學作品為主的《中華民國筆會英文季刊》創辦。《創世紀》撤銷「中國現代詩總檢討」專輯。

是年，高三語文課本收入《桃花扇》片斷，「眼看他起朱樓……眼看他樓塌了。這青苔碧瓦堆，俺曾睡風流覺，將五十年興亡看飽。」官方認為這段曲文影射國民黨，主編周何辭職。張良澤在成功大學開始宣揚分離主義。廈門大學學生周野偷渡到金門，在臺灣定居後用「阿老」筆名在臺灣出版關於文革的自傳體小說《腳印》。

一九七三

一月　有文學家參與的《大學雜誌》分裂，編輯人員分別加入國民黨或反國民黨的黨外運動。

二月十七日　鼓吹民族主義的陳鼓應、王曉波被捕，後演變成「臺大哲學系事件」。

三月　《葉石濤作家論集》出版。

四月十八至廿八日　金庸以記者身份訪問臺灣，受到蔣經國的接見，這標誌著解禁武俠小說時代的來臨。

四月　王文興長篇小說《家變》出版，後引發爭議。

五月廿四日　行政院增設新聞局出版、電影、廣播電視事業處。

五月　高信疆出任《中國時報》「人間副刊」主編。

七月　顏元叔發表〈臺灣小說裡的日本經驗〉。「中華民國比較文學學會」成立。官方召開全臺報刊編輯緊急會議，批判《串串風鈴響》中男歡女愛的情色鏡頭。

八月十日　《文學季刊》創刊號刊登唐文標等四人批判歐陽子長篇小說《那長頭髮的女孩》的文章。龍族詩社編《中國現代詩評論》出版。

八月　唐文標開始發表〈什麼時代什麼地方人〉、〈僵斃的現代詩〉等三篇宣判現代詩「死刑」的文章，引發「唐文標事件」。

九月廿九日　林懷民創辦「雲門舞集」並進行演出，而成為戰後臺灣第一個最著名的現代舞團。

九月　鍾肇政出版長篇小說《馬黑坡風雲》。水晶出版《張愛玲的小說藝術》。《現代文學》停刊，共出五十一期。「主流詩社」召開全島詩人聯誼會。

十月　楊逵復出文壇，掀起重視日據時期臺灣文學的熱潮。

十二月　林載爵在《中外文學》發表〈臺灣文學的兩種精神〉。泰順書局老闆羅世敏、主編黃華因出版大陸書而被判刑，後雙雙病死在綠島監獄中。

是年，中華日報社出版《大學文學教育論戰集》。據瓊瑤小說改編的電影《彩雲飛》、《心有千千結》上演，文藝片開始與李小龍的武打片抗衡。

一九七四

一月　《秋水》詩刊創辦。

三月　由沈登恩等人合資創辦的遠景出版社成立。黃春明出版短篇小說集《莎喲娜啦·再見》。梁實秋出版散文《看雲集》。

五月　聯經出版事業公司創立。林載爵發表〈日據時代臺灣文學的回顧〉。

六月一日　《中外文學·詩專號》出版。

七月　張良澤發表〈在血泊裏的筆耕者〉。余光中出版詩集《白玉苦瓜》。《創世紀》向關傑明、唐文標所引發的現代詩批判浪潮發出總攻擊。

九月　胡蘭成從日本來到臺灣，被「中國文化學院」聘為教授。陳芳明離臺赴美留學。余光中到香港中文大學任教。

十月二日　《中國時報》「人間副刊」推出「當代中國小說大展」。

十月廿五日　《大學雜誌》舉辦日據時代臺灣新文學與抗日運動座談會。

十一月廿一日　官方查禁劉大任作品《紅土印象》。

十一月　陳若曦在香港發表「傷痕文學」〈尹縣長〉。洛夫出版超現實主義詩集《魔歌》。

是年，詩詞研究專家葉嘉瑩從海外回大陸旅遊探親，後寫了一首《祖國行長歌》發表，臺灣當局便將其列入黑名單，不准她再回臺灣。

一九七五

一月廿七日　「國家文藝獎」設立。

一月　胡蘭成《山河歲月》在臺北出版，後被查禁。時報文化出版公司成立。《愛書人》創刊。

三月　黎明文化公司出版多卷本「中國新文學叢書」。《姚一葦戲劇六種》出版。

四月五日　蔣介石去世。

四月五日　嚴家淦任總統。蔣經國就任中國國民黨主席。

五月四日　《草根》詩刊創辦，共出版五十期。

五月十二日　由隱地主持的爾雅出版社成立。

五月十五日　《文學評論》半年刊創辦。

五月　鍾肇政《插天山之歌》出版。

六月六日　民歌手楊弦以余光中的詩作譜曲，在臺北舉辦「現代民謠創作演唱會」。

六月　尹雪曼主編的《中華民國文藝史》出版。

七月　《中國時報》「人間副刊」開始刊登〈現實的邊緣——本土篇〉，從此報導文學名詞出現在臺灣文壇。王鼎鈞出版散文集《開放的人生》，琦君出版散文《三更有夢書當枕》。齊邦媛主編《中國現代文學選集》「臺灣篇」英文版問世。《鵝湖月刊》創辦。

八月四日　《天狼星詩刊》創辦。

八月　《張我軍文集》出版。

九月　王榮文創辦遠流出版社。陳坤崙創立春暉出版社。胡秋原發表〈漢奸胡蘭成速回日本去〉。楊青矗小說集《工廠人》出版。張文環復出後在東京出版了日文長篇小說《滾地郎》。

十月二十日　戲劇家李曼瑰去世。

十月　陳映真出版小說集《將軍族》，於一九七六年初遭查禁。張系國出版小說集《棋王》。陳芳明在美國加入「國際特赦組織」，從此捲入黨外運動，後被國民黨拒絕回臺長達十五年。

十一月七日　評論家虞君質去世。

十二月廿五日　郭壽華發表文章認為韓愈曾患風流病，韓愈「直系血親」韓思道將其告上法庭，法院判處郭氏罰金三百元。引起軒然大波的文化界出版了《誹韓案論戰》。

十二月　王志健出版《現代中國詩史》。

是年，於梨華從美國「偷跑」回大陸探親。「國立編譯館」編譯《中國現代文學選集》英文本出版。

一九七六

一月　馬各出任《聯合報》副刊主編。

二月九日　夏志清發表〈追念錢鍾書先生〉，顏元叔過後發表〈印象主義的復闢〉反彈，是為「顏夏之爭」。

二月　《夏潮》創刊，該刊討論過楊逵、呂赫若、賴和、吳濁流等人的作品。林煥彰出版《近三十年新詩書目》。

三月廿六日　著名作家林語堂去世。

三月廿七日　「中華民國青溪新文藝學會」正式成立。

三月　《聯合報》設立文學獎。《明道文藝》創刊。《中國時報》推介洪通的鄉土藝術。

四月十五日　歐陽子出版白先勇研究專著《王謝堂前的燕子》。

四月三十日　胡蘭成被「中國文化學院」限令離校，後到朱西甯家講書教讀。

四月　周錦《中國新文學史》出版。張拓蕪出版「大兵文學」《代馬輸卒手記》。

五月　三毛出版散文集《撒哈拉的故事》。

六月　高信疆離開《中國時報》。古添洪等編著《比較文學的墾拓在臺灣》出版。

七月　胡蘭成《今生今世》刪節本在臺灣出版。

八月　張系國出版小說集《香蕉船》。葉維廉主編《中國現代文學批評選集》出版。楊牧等人創辦的洪範書店營業。

九月九日　中國共產黨主席毛澤東去世。

九月　王拓出版小說集《金水嬸》。《聯合報》主辦的首屆「聯合報小說獎」頒獎。朱炎發表〈對鄉土文學的看法〉。

十月七日　資深作家吳濁流去世。

十月　華聯出版社盜版大陸學者郭紹虞的著作《語文通論》，冒用朱自清的名義出版。《幼獅少年》創刊。

十一月十九日　李敖刑滿出獄。

十一月　張良澤編《鍾理和全集》出版。《曉風戲劇集》出版。胡蘭成返回日本。

十二月　許南村（陳映真）出版《知識人的偏執》。

是年，香港無線電視公司放映紀念毛澤東逝世的專題片，遭到臺灣最嚴厲的懲處，相關人員被列為「附匪藝員」，禁止入境。美國決定終止從政治上援助臺灣。

一九七七

一月廿四日　「國家文藝基金會」頒發首屆「全國優良文藝雜誌獎」。

二月二日　董保中發表〈顏元叔讀中共小說〉，批評浩然的小說模式化。

二月　《書評書目》發表香港來稿〈於梨華的新書〉，該期雜誌即刻被當局查禁，於梨華從此被封殺多年。

三月一日　王建壯主編的《仙人掌》雜誌創

刊，共出十二期。

三月　鍾肇政接辦《臺灣文藝》。《小說新潮》創刊。

四月一日　《仙人掌》雜誌「鄉土與現實」出刊，王拓發表〈是「現實主義」文學，不是「鄉土文學」〉等文章，為「鄉土文學論戰」的展開造勢。

四月　《三三集刊》創辦。《月光光》兒童詩刊創刊。

五月一日　葉石濤發表長文〈臺灣鄉土文學史導論〉，提出「臺灣意識」概念，後引起陳映真的質疑。

五月四日　政治大學學生會舉辦學術研討會，有學生質問顏元叔對工農兵文學的指控太過激烈，認為工農兵文學本身並無不妥。

五月六日　有人問尉天驄如何看工農兵文學，尉答：和知識分子一樣，工農兵也可以寫自己。

五月　《詩潮》創刊，出刊三個月後即遭查禁。陳少廷出版《臺灣新文學運動簡史》。《七等生作品集》十冊出版。

七月　《中國當代大詩人選集》出版。陳銘磻出版報導文學《賣血人》。

八月十七至十九日　彭歌發表〈不談人性，何有文學〉，揭開鄉土文學大論戰序幕。

八月二十日　余光中發表〈狼來了〉，引發鄉土文學家的批駁。

八月廿九至卅一日　第二次文藝會談召開，中心內容是如何處置正在蓬勃發展的鄉土文學，制定通過〈對當前文藝政策修正建議〉案。

八月　《夏潮》刊出「當前臺灣文學問題

專訪」。《現代文學》復刊。

九月　胡秋原發表〈談「人性」與「鄉土」之類〉，批評彭歌的觀點。王拓出版《街巷鼓聲》。陳芳明向余光中發出「絕交書」，聲稱告別余光中。張良澤編《吳濁流作品集》出版，共六卷。

十月九日　瘂弦出任《聯合報》副刊主編。

十月十日　《中國論壇》座談會舉行，討論當前中國文學問題。

十月　徐復觀發表〈評臺北有關「鄉土文學」之爭〉。余光中在香港發表〈論朱自清的散文〉，係作者「改寫新文學史」系列文章之一。

十一月　彭歌等著《當前文學問題總批判》出版。

十二月　陳鼓應著《這樣的「詩人」余光中》出版。

是年，爆發首次對抗當局的街頭運動「中壢事件」。歐陽子編《現代文學小說選集》出版，收入二十世紀六〇年代的三十三篇短篇小說。「中國文藝協會」改選，新任理事絕大部分為軍中作家。「遠景」和「德華」兩家出版社為林語堂全套作品的銷售大打折扣戰。

一九七八

一月一日　洛夫發表〈詩壇風雲〉，指責《詩潮》在提倡「工農兵文藝」，後引起對方反彈。

一月十三日　顏元叔發表〈社會寫實文學的省思〉，後遭趙滋蕃「檢舉」，指出「社會寫實文學」係「社會主義寫實文學」的簡化，屬「工農兵文藝」的翻版。

一月十九日　王昇在「國軍文藝大會」發表〈提筆上陣，迎接戰鬥〉的講話，肯定「鄉土文學」的同時警告他們不要被共產黨利用。

一月卅日　「吳三連文藝獎」成立。

二月十二日　資深作家張文環去世。高信疆重新主編《中國時報》「人間」副刊。

二月廿五日　《聯合報》副刊提倡「極短篇」。

二月　《夏潮》、《聯合報》分別刊出觀點不同的鄉土文學論戰文章。

三月十日　蔡文甫主持的九歌出版社成立。

三月廿一日　蔣經國就任第六屆總統，副總統為謝東閔。

三月　楊青矗出版短篇小說《工廠女兒圈》。陳紀瀅出版《文藝運動二十五年》。

四月十日　《文學思潮》創刊。

四月　尉天驄主編《鄉土文學討論集》出版。

五月四日　「海外作家五四座談會」在華盛頓大學舉行，主題為「現代中國抗議文學」。

五月九日　《中國時報》設立「時報文學獎」。

五月　潘榮禮等著《這樣的教授王文興》出版。《聯合報》開始推介大陸赴港作家金兆的「傷痕文學」。林梵著《楊逵畫像》出版。

七月　鄭學稼出版修訂本《魯迅正傳》。

九月　王拓自印《黨外的聲音》。宋澤萊出版中篇小說《打牛湳村》。

十月廿二至廿四日　《聯合報》副刊刊登〈光復前的臺灣文學座談會〉紀要。

十月三十日　李行導演的《汪洋中的一條船》，榮獲金馬獎。

十月　《大地文學》創刊。

十一月二日　《臺灣民族運動史》作者葉榮鐘去世。於梨華在香港出版報導文學集《誰在西雙版納》。

十一月十五日　首屆「吳三連文藝獎」舉行，文學獎頒獎給姜貴、陳若曦。

十二月卅一日　大陸中央電視臺播映紀錄片《臺灣風光》。

一九七九

一月一日　美國宣布與中華人民共和國建交。全國人大常委會發表〈告臺灣同胞書〉，提出「通航、通郵、通商」的三通主張。

一月八日　《中央日報》發表題為〈我們為何不與中共談判〉的社論，提出「不接觸、不談判、不妥協」的「三不」政策。

十二月　張良澤因從事分離主義運動逃亡日本。非鄉土派的《文藝月刊》、《中華文藝》、《文壇》、《中外文學》等八家雜誌主辦文學會議，檢討當前文學問題。古蒙仁出版報導文學《黑色的部落》。

是年，《中國時報》「人間」副刊大量選登大陸傷痕文學。

一月　高雄發生余登發父子被捕事件，當局誣指他們父子準備接受華國鋒「指令」武裝造反。

二月廿三、廿四日　臺灣小說研討會在美國舉行。

二月　《當代中國新文學大系》陸續出版，共十卷。

三月　官方開放雜誌自由登記出版。鍾肇

政出版「大河小說」：《濁流三部曲》。葉石濤出版《臺灣鄉土作家論集》。李南衡編《日據下臺灣新文學選集》共五冊出版，其中第一冊為《賴和全集》。「巫永福評論獎」成立。

四月廿九日　中國古典文學研究會成立。

四月　余光中出版詩集《與永恆拔河》。

五月二十日　蘇雪林發表〈抗戰前劇壇一件大剽竊公案——洪深《趙閻王》抄襲阿尼爾《瓊斯皇帝》詳情〉。

五月廿四日　《中國時報》製作「中國大陸的抗議文學——社會主義悲劇文學特輯」。

五月　黃信介等人創辦《美麗島》雜誌。

七月七日至八月十日　鍾肇政主編《民眾日報》副刊連載陳火泉「皇民文學」代表作〈道〉。此作品曾被吳濁流嚴詞拒絕刊登在他主編的《臺灣文藝》上。

七月　北京《當代》雜誌轉載白先勇的小說《永遠的尹雪豔》。葉石濤、鍾肇政主編《光復前臺灣文學全集》出版，共八卷。

八月十四日　出版家王雲五去世。

八月　首屆「鹽分地帶文藝營」在臺南舉辦。

九月七日　金庸的武俠小說在臺灣部分解禁，《聯合報》開始連載《連城訣》。南琪出版社「盜印」金庸作品，引發版權官司。

九月十五至十七日　美國愛荷華大學聶華苓舉辦「中國週末」，兩岸作家在該校首次握手。

九月　夏志清《中國現代小說史》中譯本在臺北出版。遠景出版社出版金庸正式授權的《金庸作品集》。

十一月五日　張良澤在日本《朝日新聞》發表〈苦悶的臺灣文學〉。

十一月十七日　「陽光小集」詩社成立。

十一月　左翼刊物《夏潮》遭停刊一年處分。蕭蕭、張漢良編著《現代詩導讀》出版。

十二月十三日　小說家王拓、楊青矗、呂秀蓮因「美麗島事件」被捕。

一九八〇

一月十日　由美返臺的陳若曦攜帶余英時、白先勇、李歐梵等多人聯署的有關「美麗島事件」的信函，當面交呈蔣經國。

一月十三日　臺灣省文藝界在臺中市舉行迎接自強年座談會，討論通過提倡「反共文學」等提案。

十二月　蘇雪林出版《二三十年代的作家與作品》。

是年，黃凡發表小說〈賴索〉，拉開了二十世紀八十年代臺灣政治小說的序幕。美國德克薩斯州大學舉辦首次以臺灣文學為主題的研討會，次年由印第安納大學出版論文集《臺灣小說》。行政院開放觀光護照，臺灣居民從此可以出島旅遊。三三書坊停辦。

二月廿二日　「國軍文藝大會」在臺北召開，中心議題為「反共愛國　團結自強」。

二月廿八日　蔣經國接見陳紀瀅、林海音、鍾肇政、林懷民等九名文藝界人士。

二月　發生林義雄滅門血案，極大地刺激了原先認同中國的林雙不、宋澤萊，使他們「一夜之間」變成了所謂的「臺灣人」。

三月十九日　《聯合報》發表署名文章〈姚雪垠的《李自成》〉，批評《李自成》「是一部馬馬虎虎的作品，無獨特之處」。

三月　發生要求解散「國民大會」的「野百合學運」。

四月二十日　於梨華在北京《人民日報》發表〈我的留美經歷——寫給祖國的青年朋友們〉，希望大陸年輕人丟掉對美國的幻想，不要嚮往資本主義生活。

四月　南方朔在《中國時報》發表題為〈臺獨之路走不通也不能走〉的文章。羅青在高雄作「七〇年代新詩與後現代主義關係」的報告。張良澤在日本發表〈戰後臺灣文壇的歷史考察〉，在分期上採用十年為一期的方法，後被許多論者沿用。

五月　《臺靜農短篇小說選》出版。周錦主編「中國現代文學研究叢書」廿種開始出版。劉心皇出版《抗戰時期淪陷區文學史》，認為張愛玲是「落水文人」。

六月　鍾肇政長篇小說「臺灣人三部曲」出版。《於梨華作品集》十四卷在香港出版。

七月一日　鄭振寰發表〈從治學方法看文學批評〉，批評夏志清的論著「思路不清」、政治偏見充斥。

八月三日　《現代文學》舉辦創刊二十週年紀念酒會。

八月十日　黃武忠《日據時代臺灣新文學作家小傳》出版。

八月　李行導演的電影《原鄉人》上映。

臺灣的電視臺開始播映介紹上海現狀的影片。

九月一日　李歐梵發表〈三十年代的文學研究〉，贊成有關部門適當開放三十年代文藝的建議。

九月廿五日　「神州詩社」遭當局鎮壓，其負責人溫瑞安被捕。

九月廿九日　「中國文藝協會」及「道藩文藝中心」慘遭火災。

十月　《中國時報》「人間」副刊開始介紹諾貝爾文學獎。李喬出版大河小說《孤燈》，至此《寒夜三部曲》完成。趙滋蕃發表〈三十年代文藝縱橫談〉刊於《文學思潮》第八期（一九八〇年十月），頁九十三。該文反對開放三十年代文藝作品。

十一月一日　《書評書目》雜誌召開座談會，討論三十年代文藝能否開放的問題。

十一月　王集叢《中共文藝析論》出版。

十二月十七日　小說家姜貴去世。

是年，《李敖全集》開始出版。臺灣電影開始准許出現五星紅旗、毛澤東肖像，並准許改編大陸的傷痕文學作品。蘭陵在「首屆實驗劇展」演出《荷珠新配》。

一九八一

一月一日　詹宏志發表〈兩種文學心靈〉，引發有關臺灣文學是否屬「邊疆文學」的爭論。

一月十二日　《聯合報》發表〈中國現代文學史幾個鑰匙問題——梁實秋、梁錫華對談紀實〉。

三月十二日　旅美臺灣作家鄭愁予、劉紹銘、楊牧、李歐梵等七人組團訪問大陸三週，引發各界議論。

四月十日　「黎明文化事業公司」舉行茶會，慶祝該社出版的《中國新文學叢書》滿百種。

四月廿六日　《聯合報》介紹大陸作家白樺的作品。

四月　《進步》雜誌創刊以後被查禁。第二屆「巫永福評論獎」開評，葉石濤支持彭瑞金的論文入選，陳映真則支持詹宏志的〈兩種文學心靈〉入選，後來兩文因意見分歧而落選。王文興中篇小說《背海的人》出版。

五月十日　《中央日報》和《明道文藝》合辦全島學生文藝獎。

五月　《純文學》以季刊形式復刊。

六月一日　旅美臺灣作家訪問大陸後發表〈坦白的建議——給中國大陸文藝界的一封公開信〉。

六月　《臺灣文藝》舉辦「臺灣文壇方向」座談會。

七月一日　徐瑜發表〈共匪的海外文藝統戰〉，大罵愛荷華會議。

七月廿五日　《三三集刊》的靈魂人物胡蘭成在日本去世。

七月　《臺灣文藝》製作臺灣文學的方向專輯，由李喬帶頭一起圍剿詹宏志。席慕蓉詩集《七里香》出版。

八月　《中國當代科幻小說選集》出版。劉心皇編《當代中國新文學大系：史料與索引》出版。

八月十日　李敖再次入獄。

九月一日　《書評書目》停刊，共發行一百期。二〇二一年由洪建全基金會和新匯流出版中心合作，以網路形式復刊。

九月十六日　《聯副三十年文學大系》陸續出版，計二十七卷。「李敖千秋評論叢書」開始刊行。

九月　高準在香港發表〈評大陸出版的《臺灣詩選》〉。

十月　《聯合報》副刊主編的《寶刀集——光前臺灣作家作品集》，由聯經出版事業公司出版。《吳新榮全集》由遠景出版社出版時，「二二八」事件前後吳氏的日記被刪除。

十一月二十日　原新月派作家葉公超去世。

十一月　「行政院文化建設委員會」成立，由陳奇祿任主任。

十二月廿一日　「亞洲華文作家協會」在臺北成立。

是年，張良澤在日本筑波大學開設「臺灣文學」課程。九歌出版社開始出版「年度散文選」。

一九八二

一月六日　臺灣清華大學中文系主辦「現代文學教學研討會」。

一月十五日　《文學界》雜誌創刊，共出二十八期。葉石濤發表〈臺灣小說的遠景〉，認為「臺灣文學是居住在臺灣島上的中國人建立的文學」，後否定這種觀點。

一月廿三日　前衛出版社成立。

二月十八日　由青溪新文藝學會等單位主辦的「大陸反共文學透視」座談會在「文復會」辦公地點舉行。

二月廿四日　語言學家趙元任在美國去世。

三月二十日　旅美小說家陳若曦回臺灣，在高雄主持南北兩派文學座談會。

三月廿四日　陶百川發表〈禁書有正道，奈何用牛刀〉文章，引來「警總」圍剿。

四月一日　文史學家徐復觀去世。

四月十五日　《中央日報》和「文建會」合辦「從傷痕文學看大陸文藝思潮」座談會。

四月　彭瑞金在《文學界》發表〈臺灣文學應以本土化為主要課題〉。

五月一日　洛夫發表〈詩壇春秋三十年〉，引發臺灣詩壇的集體反駁。

五月　楊牧出版散文集《搜索者》。羊子喬等編《光復前臺灣文學全集》新詩部分四卷本出版。《現代文學》推出「大陸文革專號」。

六月一日　於梨華在北京出版《三人行》，姜穆抨擊於梨華被中共統戰，又造謠說愛荷華會議主持者聶華苓「家裡掛上了毛澤東的像，髮型也以江青的為準」。

六月廿九日　當局查禁臺北喜美出版社出的《郁達夫散文論》。

六月　大陸舉行第一屆臺灣香港文學研討會。向陽接編《自立晚報》副刊。

七月一日　國民黨「文工會」成立「文藝資料研究及服務中心」。

七月卅一日　青年作家洪醒夫去世。

八月　第一本年度散文選《七十年散文選》（林錫嘉主編）由九歌出版社出版。楊逵應「愛荷華國際寫作計劃」之邀赴美訪問。

九月六至七日　香港作家西西在《聯合報》副刊發表短篇小說〈像我這樣的一個女子〉。

九月廿一日　《自立晚報》創辦「百萬元長篇小說徵文」。

九月　魯迅之孫周令飛衝破阻力從大陸飛

往臺灣，引發「魯迅熱」。

十月廿二日　「三民主義統一中國大同盟」在臺北成立。

十月三十日　旅美臺灣學者成立「臺灣文學研究會」。

十月　《陽光小集》第十期刊登當代十大詩人選舉結果。

十一月　柏楊主編《一九八〇中華民國文學年鑑》出版。

是年，里仁書局出版《周作人先生文集》二十六冊，當局以周作人在北京「人民文學出版社」工作而屬「附匪文人」為由查禁。解除一項禁令：曾經到過大陸的李翰祥和演員李麗華，其參與拍攝的香港影片准許在臺灣放映。齊邦媛在美國舊金山加州大學講授臺灣的「中國現代文學」。爾雅出版社開始出版「年度詩選」。公孫嬿主編《海內外青年女作家選集》出版。前衛出版社分別出版《臺灣詩選》、《臺灣小說選》、《臺灣散文選》。李喬發表反體制的小說《告密者》。由馬漢茂等翻譯的第一本德語臺灣文學選集出版。

一九八三

一月十五日　《臺灣文藝》由陳永興接辦，李喬任主編。

一月　《文學界》發表呂昱〈打開歷史的那扇門——為催生《臺灣文學史》敲邊鼓〉。

二月　《夏潮論壇》創辦。陳冠學出版散文集《田園之秋》。

三月廿二日　大陸作家無名氏赴台定居。

四月一日　《文季》復刊。

四月三日　《臺灣文藝》舉辦「臺灣文學的過去和未來」演講會。

四月十日　韓韓、馬以工著《我們只有一個地球》出版，為第一本以臺灣生活環境為關注對象的散文集。

五月一日　《自立晚報》副刊和《笠》詩社合辦「藍星、創世紀、笠三角討論會」。

六月四日　音樂家侯德健前往大陸，引發「中國意識」與「臺灣意識」爭論。

六月五日　小說家孫陵去世。

六月十八日　陳映真借談〈龍的傳人〉為名，大力批判在島內不斷強化的「臺灣意識」。

六月廿五日　蔡義敏發表文章批評陳映真的「父祖之國」論。

七月一日　由國民黨文工會支持的《文訊》雜誌創刊。

七月三十日　散文家吳魯芹去世。

八月七日　鍾理和紀念館正式落成啟用。

八月廿八日　評論家李辰冬去世。

八月　陳映真解禁出國，與七等生一起參加美國愛荷華大學國際作家工作坊。《陽光小集》刊「我看政治詩」座談會。

九月　《現代文學》出版「抗戰文學專號」。

十月　原住民田雅各以〈拓拔斯．塔瑪匹瑪〉一文登上文壇。

十一月　李昂小說《殺夫》出版。

十二月一日　《文訊》雜誌刊出「大陸傷痕文學」專輯。

十二月　李喬、高天生編《臺灣政治小說選》出版。廖輝英中篇小說《不歸路》出版。

是年，臺灣外匯存底突破百億美元。黨外編輯及作家聯誼會成立。鄭欽仁在《臺灣文藝》發表文章稱：「臺灣研究」是唯一可以對抗中國學術研究的重要分野。金石堂連鎖店創立。總政部作戰部主任王昇失勢，「戰鬥文藝」從此一落千丈。施明正發表監獄小說〈喝尿者〉。聯經出版公司推出十三冊《中國文化新論》。迫於政治壓力，高信疆再次離開《中國時報》。

一九八四

一月七日　胡風在大陸發表〈介紹兩位臺灣作家——楊逵和呂赫若〉。

一月十二日　女作家鍾梅音去世。

一月廿一日　「國家文藝基金會」成立「文藝評論委員會」，由葉慶炳、侯健分別擔任中國古典文學與現代文學的召集人。

一月　宋冬陽（陳芳明）發表〈現階段臺灣文學本土化的問題〉，後引發爭論。《散文季刊》創刊。

二月一日　《文訊》製作《抗戰文學口述歷史專輯》。

二月十一日　《自立晚報》和《臺灣文藝》合辦「臺灣文學討論會」。

二月　陳映真發表〈中國文學和第三世界文學之比較〉。

三月一日　《文訊》製作「五十年代文學回顧專號」。

三月九日　龔鵬程批評歷屆文學博士論文，引發廣泛討論。

三月十三日　《自立晚報》副刊刊登林俊義〈政治的邪靈〉，被「警總」勒令停刊一日。

三月廿一日　前衛出版社出版施明正小說《島上愛與死》，遭「警總」查禁。

三月廿九日　《中央日報》「晨鐘」版創辦《文

藝評論》。

三月　蔣經國當選第七屆總統，副總統為李登輝。林衡哲在美國創辦臺灣出版社，推出臺獨首領彭明敏《自由的滋味》等書。《夏潮》開闢「臺灣結大解剖」專欄，反駁宋冬陽的觀點。由吳登川主持專門為作家自費出版的「吳氏圖書發行公司」創辦。《亞洲華文作家》雜誌創刊。

四月廿五日　賴和平反紀念會在彰化舉行。

四月　策劃獄中詩的詩刊《春風》創辦，後遭查禁。吳晟主編《一九八三臺灣詩選》出版後，引起各方面的圍剿。漁父（楊誠）在《中國時報》「人間副刊」分五天連載〈憤怒的雲——剖析陳映真的小說〉，引發一場關於「依賴理論」的論爭。夏宇登上詩壇。

五月十八日　全島雜誌大展在臺北舉行。

五月　李喬在報上連載小說〈藍彩霞的春天〉。

六月　「文建會」編印《中華民國文藝社團概況》問世。應鳳凰等編《中華民國作家作品目錄》出版。

六月三日　「現代詩學研討會」舉行。

七月五日　十家「黨外雜誌」聯名向立法院國防委員會請願，催促當局明確制定查禁書刊標準。

八月一日　「臺灣原住民權利促進會」正式通過「原住民」為臺灣土著民族的統一稱呼。《文訊》製作「六十年代文學專號」。

九月二十日　《創世紀詩選》出版。張曉出版散文集《我在》。

九月廿六日　由「中國文藝協會」舉辦有卅六家雜誌參與的「自清」座談會，對某

九月　些政論性雜誌攻擊蔣介石、「破壞政府形象」進行反擊。

王曉波發表〈殖民地傷痕與臺灣文學——敬答張良澤先生〉。陳映真出版短篇小說集《山路》和評論集《孤兒的歷史．歷史的孤兒》。

十月五日　《藍星》詩刊出版第一號。

十月六日　「中國現代詩三十年展覽」在臺北舉行。

十月十五日　《蔣經國傳》的作者江南在美國被人暗殺。

十一月六日　資深作家王詩琅去世。

十一月廿七日至十二月一日　《自立晚報》副刊刊登黃得時〈晚近臺灣文學運動史〉。

十一月　純文學雜誌《聯合文學》創刊。「臺灣文學研究會」就當局查禁《臺灣文藝》十一月號發表聲明，以示抗議。《文學界》發表葉石濤〈臺灣文學史綱〉。李瑞騰出任《文訊》月刊總編輯。

十二月廿三日　「臺灣兒童文學學會」成立。

是年，當局實施經濟自由化和國際化政策。金石堂開始推出「十大暢銷書排行榜」，成為文學出版業的風向球。《自立晚報》副刊長期刊載林俊義的雜文，遭「警總」以「為匪宣傳」罪名查禁。前衛出版社出版的《一九八三臺灣詩選》引發爭論。

一九八五

一月　張恆豪時任總編輯的《臺灣文藝》製作「工人文學的回顧與前瞻」專輯。

二月一日　《文訊》製作「中文系新文藝教育

的檢討」專號，其中不少人再次呼籲開放三十年代文藝作品。

三月一日　「表演工作坊」推出賴聲川等人的戲劇〈那一夜，我們說相聲〉。

三月十二日　資深作家楊逵去世。

三月十六日　「三民主義文藝在臺灣」座談會在高雄舉行。

三月　第一本年度文學批評《七十三年文學批評選》出版。

四月五日　根據金庸小說《射鵰英雄傳》改編的電視劇，因劇名「射鵰」與毛澤東詩詞名句「只識彎弓射大雕」相似而被「警總」下令禁拍。

四月　《創世紀》從六十六期開始交由年輕人主編。

五月　胡耀邦在北京接見陳若曦，陳氏提及北島出國受阻一事，胡耀邦當場表態放行。宋澤萊出版長篇小說《廢墟臺灣》。《文學界》發表葉石濤〈高雄作家的心願〉。林語堂故居開放大眾參觀。

六月七日　《民眾日報》以頭版頭條刊登大陸新聞，被「警總」以「違反國策，為匪張目」為由，給予停刊七日的處分。

六月十日　左翼評論家唐文標去世。

六月　《國文天地》創刊。《龍應台評小說》出版。《文季》停刊。

夏季，《文學界》發表陳若曦〈海外作家的困境〉。

七月廿六日　周玉山發表〈中共「臺港文學研究」的非文學意義〉。

八月　柏楊著《醜陋的中國人》出版。呂秀蓮中短篇小說集著《這三個女人》出版。張良澤在日本成立「臺灣學術研究會」。

九月十日　余光中返臺到高雄中山大學任教。

九月廿一日　武俠小說家古龍去世。

九月　《新生月刊》停辦。

十月一日　《文訊》出版「香港文學特輯」。

十月二十日　《中華雜誌》為歡迎大陸「右派」作家林希翎來臺，舉辦中國前途座談會。林希翎說：「有人要我當『反共義士』，我寧願回大陸坐牢！」

十一月二日　陳映真主編《人間》雜誌創刊。

十一月五日　龍應台發表〈容忍我的火把——與一位告密者的溝通〉，引發《掃蕩》雜誌的圍剿。

十一月　宋澤萊在《臺灣文藝》發表〈一個作家對環境和文化的省思〉，成了臺灣意識論戰後在本土陣營裏面所引發的第一聲炮火。

十二月十二日　國防部系統的《青年日報》發表文章批判龍應台焚燒的「野火」。

十二月十三日　有軍方背景的《臺灣日報》開始以密集方式炮轟龍應台。

十二月　李喬的小說《藍彩霞的春天》遭查禁。龍應台出版《野火集》。「政戰部」下令軍中禁止閱讀《野火集》和《中國時報》。

是年，「著作權法」修正，改為採用「創作保護主義」，作品一完成即享有著作權。

一九八六

一月十五日　宋澤萊發表〈呼喚臺灣黎明的喇叭手——試介臺灣新一代小說家林雙不並檢討臺灣的老弱文學〉，指名批判葉石濤、陳映真、三毛、席慕蓉、楊牧及《笠》詩刊等為「老弱文學」，引起陳芳明等人反彈。

一月　《聯合文學》以大篇幅刊出「文學、藝術與同性戀」座談會實錄。這是文學界首次從正面肯定同性戀的意義。

二月　《笠》在卷頭語發表〈堅定的立場，不變的信念〉，反駁宋澤萊的指控。

三月十四日　軍方查禁吳濁流的小說《無花果》。小說家趙滋蕃去世。

三月　宋澤萊提出「人權民主說」，企圖抵消「南北兩派文學論」。顧肇森出版短篇小說集《貓臉的歲月》。

四月　李永平出版短篇小說集《吉陵春秋》。

五月四日　臺灣文學史上第一本中文新詩集《亂都之戀》（張我軍著，一九二五年發行），被民俗收藏家重新出版。

五月　《當代》創刊。林衡哲在《臺灣文藝》發表文章，認為「臺灣雖然在政治上未獨立，但在文學上早就獨立了」。又認為「中、臺文學的關係，猶如英、美文學之間的關係」。《文學界》發表黃樹根〈沒有人性何有人權——讀宋澤萊所謂人權文學〉。

六月　劉心皇著《魯迅這個人》出版。《草根》詩刊停刊，共出版五十期。

七月　政治大學黨團會審後，禁止宋澤萊的〈公平、正義與愛的激進分子〉在《政大青年》第七十九期發表。

八月廿、廿一日　李昂發表〈臺灣作家的定位〉，引起強烈反響。

九月廿八日　民主進步黨成立。

九月　大陸作家阿城作品《棋王．樹王．孩子王》在臺出版，掀起一股「阿城旋風」。《臺灣新文化》創刊，後因宣傳分離主義被查封。《文星》復刊。

十月一日　《文訊》製作「通俗文學的省思」專輯。

十月　李遠哲獲諾貝爾化學獎。

十一月八日　第一屆國際文學與宗教會議在臺灣舉行。

十一月十五日　《文學界》發表鄭炯明〈為《臺灣文學史綱》的出版說幾句話〉。

十一月　張良澤在美國和臺灣出版自傳《四十五自述》。陳冠學的《田園之秋》出版。臺灣藝人凌峰在大陸錄製《八千里路雲和月》的電視節目，受到臺灣觀眾的熱烈歡迎。

十二月二日　《自立晚報》副刊刊登王禎和電影劇本《人生歌王》。

是年，《日內瓦的黃昏》成了臺灣反共電影的絕唱。柏楊的《醜陋的中國人》引發北京「左派」刊物的批判。

一九八七

一月二十日　吳錦發主編《悲情的山林——臺灣山地小說選》出版。

一月　《聯合文學》創設小說新人獎。「當代文學史史料研究小組」成立。梅新接任《中央日報》副刊主編。《一九八七年臺灣電影宣言》發表。

二月十五日　「臺灣筆會」成立，後申請參加「國際筆會」遭拒絕。同月葉石濤《臺灣文學史綱》正式出版。

二月　羅青發表〈後現代狀況出現了——臺灣後現代詩之萌芽〉。

三月　民進黨立法委員朱高正，在立法院用臺語發言質詢，引發國民黨和民進黨嚴重衝突，也促使社會討論語言政策改革問題。「臺灣文學研究會」成立。

四月廿七日　龍應台發表〈臺灣作家哪裡去〉，認為官方「打著『中國』旗號，臺灣的文學被〈外國人〉看作冒牌貨而受到摒棄」。

四月　丁邦新在《聯合報》副刊發表〈一個中國人的想法〉，引發「中國結」與「臺灣結」論戰。

五月十七日　左翼團體「夏潮聯誼會」成立。

五月　《臺灣文藝》發表真昕〈御用攻擊也算文評〉，攻訐彭瑞金為國民黨御用打手，並批評葉石濤對被捕的王拓落井下石。

六月　李敏勇發表〈寧愛臺灣草笠，不載中國皇冠〉的文章，鼓吹臺獨主張。

七月十五日　戒嚴令解除。臺灣地區出版品管理審查轉由新聞局負責。

九月九日　陳映真發表〈習以為常的荒謬〉，反對臺獨文化的一切建構，後引來李敏勇等人的強烈反彈。

九月二十日　田雅各著原住民小說《最後的獵人》出版。

九月　《臺北評論》創刊。光復書局推出《當代世界小說家讀本》五十冊。

十月　第一本解禁的大陸作家作品《沈從文選集》，由新聞局審核通過。

十月十四日　臺灣當局正式宣布開放民眾赴大陸探親。

十一月三日　資深作家梁實秋去世。

十一月　《當代》推出「新馬克思主義專輯」。新聞局公布申請出版大陸作品審查要點和審查作業須知。《文

十一至十二月 學界》發表〈陳芳明、彭瑞金對談——釐清臺灣文學的一些烏雲暗日〉。

《臺灣文藝》發表「檢驗臺灣意識與中國意識」座談會記錄。

一九八八

一月一日 解除報禁，許多報紙擴為六大張，連載小說在類似第二副刊版面上大量出現。

一月十三日 蔣經國去世，李登輝接任總統。該日，余光中悼念蔣經國的詩〈送別〉在高雄市五萬人集會上朗誦，引來本土派的尖銳批評。

一月十九日 人間出版社社長王拓隨著第一批「外省人返鄉探親團」到大陸訪問，為陳映真與大陸作家劉賓雁會面探路。

十二月 白少帆等主編的《現代臺灣文學史》在瀋陽出版。

是年，宋澤萊發表小說《抗暴的打貓市》，宣告「臺語小說」的登場。

一月廿三日 「臺灣現代詩學研究會」發起會議在臺北召開。

一月 電影三級制升級辦法正式實施。

三月 標榜新左翼批判路線的《臺灣社會研究季刊》創辦。

三月 《臺北評論》出版「後現代狀況」專輯。

四月四日 「中國統一聯盟」成立，胡秋原為名譽會長，陳映真任創盟主席。

四月 「臺灣文學」開始與政治反對運動、新國家「獨立」混為一體。

五月十日 王鼎鈞著《左心房漩渦》出版。

五月廿二日 《文訊》等單位聯合舉辦「當前大陸文學研討會」。

六月廿日 《文星》雜誌再次停刊。

六月廿五、廿六日 首屆「當代中國文學國際學術會議」在新竹清華大學舉行，主題為「當代海峽兩岸中國文學之探討」。

七月十七日 《聯合報》為紀念抗戰勝利舉辦「《聯合報》抗戰文學〈中長篇小說〉獎」徵文活動。

七月 李登輝就任國民黨主席。武漢作家白樺正式授權三民書局出版其在臺灣的第一本小說《遠方有個女兒國》。希代書版公司發行《小說族》雜誌。

八月二日 「中國文藝協會」舉辦「作家眼中的眼中的大陸座談會」，赴大陸探親作家蓉子等人報告見聞。

八月四至六日 香港舉辦「陳映真文學創作與文化評論國際研討會」，劉賓雁與陳映真對談，是兩岸作家首次公開的歷史性對話。在此前後，臺灣有出版社出版劉賓雁的傳記及著作。

八月十一日 《中國時報》「人間」副刊推出大陸〈河殤〉作品，揭開兩岸文化交流新篇章。

八月廿二日 小說家施明正去世。

九月 《臺灣文化》發表谷君批判國民黨提倡「文化中國化」的文章，後遭查禁。

十月二十日 首屆「海峽兩岸圖書展覽」在上海開幕，開啟兩岸出版交流的大門。

十月 《臺灣文化》刊登彭瑞金〈先有獨立的臺灣文化才有臺灣〉，被高雄市新聞局給予停刊一年的處分。

十二月　《文學界》發表日本學者松永正義〈臺灣文學研究的三個階段〉（葉石濤譯）。

一九八九

一月一日　創辦四十年的《大華晚報》停刊。

一月九日　《中國時報》副刊「開卷」刊登大陸學者王觀泉〈在最冷的地方最熱——漫談哈爾濱的臺灣文學熱〉。

一月十三日　「文建會」邀請文學史料專家與作家、學者座談籌建「大陸藝文資訊檔案」。

一月廿八日　謝長廷任發行人的《新文化》雜誌創刊。《文學界》停刊。

一月　《中國時報》「人間」副刊首次邀請大陸作家參加時報文學獎評審。

二月十五日　林雙不宣揚分離主義的《大聲講出愛臺灣》出版，後來和陳芳明《在美麗島的旗幟下》、《在時代分合的路口》一起遭當局查禁。

二月廿五日　「海峽兩岸兒童文學的比較」座談會在臺北召開。

二月　洪範書店為紀念五四運動推出《中國現代小說選》、《中國現代詩選》。

三月廿三日　《民生報》發表〈王藍隔海開炮質疑吳祖光〉，認為其早期作品〈少年遊〉抄襲王藍〈一顆永恆的星〉。

三月　《聯合報》小說獎增闢「大陸地區短篇小說推薦獎」，開大陸作家到臺灣領獎之先河。第一家「誠品書店」開張。

四月十日　大陸哲學家李澤厚著《華夏美學》在臺北出版。

四月　淡江大學、東吳大學在淡江舉行「大陸文學研討會」。

五月一日　《國文天地》製作「海峽兩岸論五四」專輯，並與臺灣師範大學國文系合辦「七十年風霜——從北京到臺北」演講活動。

五月四日　《中時晚報》時代副刊製作「五四在北京現場」特輯，由羅智成、龔鵬程、李錦旭等六位兩岸青年學者、作家執筆。

五月八日　李魁賢發表〈指鹿為馬的文學共謀——初評遼寧大學《現代臺灣文學史》〉。

五月廿八日　「中華民國作家協會」成立。

五月　九歌出版社推出余光中總編的《中華現代文學大系：臺灣一九七〇～一九八九》，共十五冊。林燿德等人主編的《新世代小說大系》出版，計十二冊。

五至六月　《臺灣文學》為臺獨理念自焚者鄭南榕製作專輯，林雙不借此號召臺灣作家「要優先投入獨立建國的道路」。

六月十七日　淡江大學舉辦「第三屆文學與美學學術研討會」，廖咸浩發表〈臺語文學的商榷——其理論的盲點與囿限〉。

六月廿九日　朱天心的連載小說〈佛滅〉被認為是影射作品，引發爭論。

七月十六日　陳芳明首次獲准回臺灣。

七月　吳祖光在《聯合文學》發表論文〈為抄襲大案致王藍書〉。大陸作家古繼堂著《臺灣新詩發展史》在臺北出版。

八月　漢城召開國際筆會年會，來自臺北「中華民國筆會」的彭歌等人，與來自北京「中國筆會」的蕭乾等人在此相會。《創世紀》出版「兩岸詩論」專號。

九月十五日　謝建平出版第一本獨派現代詩集《臺灣國》，軍方以「文字叛亂罪」將作者移送臺北地檢署偵辦。

九月十六日　根據朱天文、吳念真合編劇本所拍的電影《悲情城市》，榮獲威尼斯影展「最佳電影金獅獎」。

九月　陳映真主編《人間》雜誌停刊，共出四十七期。「唐山」和「谷風」兩家出版社分別出版《魯迅全集》。張大春出版短篇小說集《大說謊家》。施敏輝（陳芳明）編《臺灣意識論戰選集》出版。中央圖書館舉辦「民間文學國際研討會」。

十月十七日　《中國時報》企劃「一部作品兩岸評」單元。

十月十八日　呂正惠發表〈臺灣的「後現代」知識分子〉，表示不贊同「後現代」，後引起孟樊的反彈。

十月　胡民祥編的《臺灣文學入門文選》出版。

十一月六日　臺獨人士林義雄正式公布所謂《臺灣共和國基本法草案》。

十一月廿五日　新竹清華大學舉辦「從現代到後現代情境」研討會。

十一月　莫那能出版原住民漢語詩集《美麗的稻穗》。

十二月十日　臺北最後一家文學咖啡屋「明星」停止營業。

十二月二十日　「吳三連文藝基金會」創辦人吳三

連去世。

十二月廿五日　《臺灣精神的崛起——〈笠〉詩論選》出版。

十二月　戒嚴解除後第一次總統選舉，民進黨二十一人當選立法委員，六人當選縣長。遠景出版社推出韓少功等大陸當代作家的小說集。莫言、陸文夫、王蒙、鄧友梅等一批大陸作家作品在臺灣出版。《聯合文學》推出「現代人看『醜陋的中國人』阿Q」專輯。

是年，朱高正為了羞辱「老國代」衝上主席臺，開立法院打架風氣之先。《小說族》創刊。林央敏提出「臺灣新民族文學」主張，企圖和中華民族及其中國文學劃清界線。陳芳明出版《鞭島之傷》，內收〈文化上的稱霸與反霸——旁觀楊青矗與張賢亮的筆戰〉。黃明堅出版《單身貴族》、《新遊牧族》，引領出國旅行的新潮風尚。

一九九〇

一月　葉石濤出版《臺灣文學的悲情》。張系國主辦的科幻小說季刊《幻象》創刊，一九九三年停刊。九歌文學書屋開幕。陌上桑出版《臺灣抓狂》。

二月十四日　中共中央總書記江澤民接見陳映真率領的「中國統一聯盟代表團」。

二月　成功大學首次開設「臺語」課程。

三月十八日　大學生聚集在中正紀念堂靜坐，提出「解散國大（國民代表大會）」等四項要求，是為「野百合學運」。

四月五日　《新地文學》復刊。

五月　李登輝、李元簇就任第八屆總統、

副總統。何方在《當代》發表文章闡述「人民民主」論。行政院新聞局取消了電視電臺節目使用方言的限制。

六月一日　蕭蕭、李瑞騰合辦的《臺灣文學觀察》雜誌創刊。

六月底　李登輝將一代大儒錢穆「掃地出門」，讓其從「素書樓」搬遷至小公寓。

六月　《聯合報》副刊主辦「海峽兩岸作家文藝座談會」，出席者有大陸流亡作家蘇曉康、祖慰、徐剛、老木等，臺灣方面有瘂弦、洛夫、張曉風、管管、朱西甯等多人。

七月三十日　「臺灣作家協會」與《中華日報》聯合舉辦「大陸文學與臺灣文學座談會」。

七月　「臺灣詩庫叢書」出版。齊邦媛出版評論集《千年之淚》。

八月三十日　國學大師錢穆和比較文學專家侯健先後去世。

八月　「二二八」事件進入高中教材。

九月三日　鄉土作家王禎和去世。

九月廿九日　由「中國青年寫作協會」等單位主辦的「八十年代臺灣文學研討會」召開。

九月　陳銘磻編選的報導文學集《大地阡陌錄》出版。《文藝月刊》停辦。前衛出版社接辦《臺灣文藝》（至一九九三年十二月）。

十月七日　《中國時報》開卷版「四十年來影響我們最深的書」票選揭曉，長篇小說由《未央歌》、《藍與黑》高踞首榜。

十一月九日　資深作家臺靜農去世。

十一月　臺中縣立文化中心出版「臺灣文學

作家作品集」十冊，開地方文化中心出版縣市作家作品先河。全島文化會議在臺北召開。

十二月九日 臺獨團體「臺灣教授協會」於臺北成立。

是年，遠流出版公司推出五種「新馬克思主義新知譯叢」，時報出版公司出版馬克思的《資本論》。尹雪曼建議姚雪垠的《李自成》在臺出版，而陳紀瀅卻認為《李自成》是作者「巴結毛澤東的一堆亂文章」。在哈佛大學召開的「中國當代小說研討會」上，只有王德威提出半篇有關臺灣文學的論文。高行健小說《靈山》由聯經出版公司出版。

一九九一

一月四日 散文家三毛去世。

一月 「行政院大陸工作委員會」（簡稱「陸委會」）成立。《詩與臺灣現實》出版，書中認為臺灣就是他們的「祖國」。

二月一日 顏元叔發表〈向建設中國的億萬同胞致敬〉。

二月四日 《兒童文學家》季刊創辦。

二月廿二日 「文工會」舉辦「現代學人風範系列研討會」。

二月廿五日 詩人陳秀喜去世。

三月廿一日 大陸作家蘇曉康在香港發表〈對苦難漠視的殘忍〉反駁顏元叔「致敬」一文，大陸作家牧惠也寫了〈為什麼《中流》引進個顏元叔〉，顏元叔亦寫了反駁文章。

三月廿八日 「中華文化復興運動總會」舉行成立大會。

三月 彭瑞金出版《臺灣新文學運動四十年》。

五月一日　當局宣布終止長達四十四年的「動員戡亂時期」，廢除臨時條款。

五月十九日　臺灣出版界首次在大陸舉辦書展。

五月廿五日　廣州《華夏詩報》發表〈一尊「偶像」轟然自行崩塌——請讀第二版《臺灣詩壇對余光中的批判》〉，後來古遠清在香港《文匯報》發表文章糾正該文的謬誤。

五月　鄭義（胡志偉）在香港《前哨》發表〈海峽兩岸文學糾葛的政治化——吳祖光抄襲王藍疑雲廓清〉。

六月廿二日　《文訊》主辦第二屆「當前大陸文學研討會」。

六月廿八日　「文建會」通過「現代文學資料館」籌建計劃。

六月　福建劉登翰等人主編的《臺灣文學史》上卷在福州出版。

八月廿至廿二日　「廿世紀中國文學研討會」在臺灣師範大學舉行。

八月　吳祖光在香港《前哨》發表〈再談抄襲大案〉。《蕃薯詩刊》創辦。

九月二十日　「東南亞華文文學國際學術研討會」在淡江大學召開。

九月　《國文天地》舉辦「解嚴前後的魯迅座談會」。

十月十三日　民進黨通過臺獨綱領，從此在理論上宣稱臺獨不再成為禁忌。

十月廿五至廿八日　「中國青年寫作協會」等單位主辦「當代臺灣通俗文學研討會」。

十二月一日　墨人的長篇小說《紅塵》研討會在臺灣師範大學舉行。

十二月廿五日　《文學臺灣》創刊。「卷頭語」提到希望新世紀成為「臺灣文學獨立紀元」。

十二月卅一日　資深「中央民意代表」全部下臺，四十四年未曾改選的「國會」正式終結。「中華民國」政府在臺灣正式開始。

是年，三三叢刊出版《胡蘭成全集》。「國際寫作計劃」創辦人保羅·安格爾去世。

一九九二

二月廿五日　現代文學史家周錦去世。

二月廿九日　「臺北市文藝協會」成立。

二月　山西《名作欣賞》轉載余光中認為朱自清不是散文大師的文章，廣州《華夏詩報》批評余光中在全面否定三十年代作家的作品。金石文化廣場公布「十大出版新聞」、「年度十大暢銷男女作家」、「年度最具影響力的書」票選結果。

三月一日　《聯合文學》製作「莫言短篇小說特展」。

四月五日　爾雅出版社所出版的《年度詩選》停辦。

四月　《聯合報》副刊「讀書報」創刊。

五月一日　朱天心短篇小說集《想我眷村的兄弟們》出版。

五月十三日　葉石濤發表〈總是聽到老調〉，批評大陸出版的兩本《臺灣文學史》。彭瑞金也發表〈誤入歧途的臺灣文學史撰述——以劉登翰四人主編的《臺灣文學史》上卷為例〉。後來，《福建論壇》發表福建學者〈談臺灣文學在中國文學中的地位〉反駁葉石濤。

五月　首屆「陳秀喜詩獎」頒發。張默編《臺灣現代詩編目（一九四九～一九九一）》出版。

六月一日 《中國論壇》推出評大陸出版的臺灣文學史專輯。

六月六日 歷史小說家高陽去世。

六月 「九歌文教基金會」成立。

七月十四日 時在日本的張良澤因從事臺獨活動被國民黨拒絕回臺出席會議。

七月廿七日 陳芳明出任民進黨文宣部主任（至一九九五年）。

七月卅一日 臺灣筆會舉辦《臺灣獨立運動三十年》等著作發表會。

八月一日 「警總」正式裁撤，另成立海岸巡防部會。

八月廿三日 「外省人臺灣獨立促進會」舉行成立大會，鍾肇政致辭時為該會的誕生激動得泣不成聲。

八月 《臺灣文學評論集》共五冊出版。

「詩的星期五」活動開始舉行，至一九九五年八月停辦。

九月二日 余光中應中國社會科學院邀請，第一次回大陸參加學術交流。

九月 《文訊》企劃「現代文學資料館紙上公聽會」。

十月廿五日 「中國詩歌藝術學會」成立，理事長為文曉村。

十月 因產權問題紛爭，「中國文藝協會」首任理事長郭嗣汾被迫辭職。

十一月六日 《笠》發表給韓國詩友的公開信〈臺灣是臺灣，中國是中國〉。

十一月七日 金門、馬祖回歸地方自治。

十一月十五日 金馬影展首次推出「同志單元」，並以「同志」取代「同性戀」的用詞。

十一月二十日 余秋雨《文化苦旅》繁體字本由爾雅出版社出版。

十一月廿三日 「臺灣教授協會」等十五個社團發

起「退報救臺灣運動」，指責《聯合報》報導大陸領導人李瑞環的談話有如「中共傳聲筒」、「中共《人民日報》臺灣版」，後《聯合報》控告這場運動的帶頭人林山田誹謗罪，判有期徒刑五個月。

十一月廿二日至廿五日　「世界華文作家協會」在臺北成立，並在圓山大飯店召開首屆世界華文作家大會。

十二月廿五日　「中國青年寫作協會」等單位主辦「當代臺灣女性文學研討會」。

十二月　《臺灣詩學季刊》創刊號製作「大陸的臺灣詩學」專輯，對大陸學者古遠清、古繼堂、章亞昕等人的著作提出「滿含敵意，頗多譏諷」的批評，由此引發爭論。呂正惠出版《戰後臺灣文學經驗》。

是年，當局廢除刑法一百條，允許海外臺獨人士返臺，且不再有政治犯，結束因思想異端而坐牢的「白色恐怖」。從臺灣投奔大陸的劉大任，掉轉矛頭批評大陸，出版《神話的破滅》。臺獨人士彭明敏獲准回臺。第十六屆「全國比較文學」會議召開，邱貴芬發表「臺灣後殖民論述」有關論文，引發爭議。

一九九三

一月　劉登翰等人主編的《臺灣文學史》下卷在福州出版。

二月三日　「臺灣筆會」等單位主辦「第一屆臺灣文藝營」。

二月十一日　行政院通過「文建會」所提「國家文化藝術基金會設置條例」草案，

明定該基金會為財團法人，創立基金為新臺幣二十二億元。

二月十五日　《臺灣文藝》出版「二·二八文學特輯」。

二月　郝柏村下臺，連戰接任行政院長，宋楚瑜任臺灣省主席。政權開始全面本土化。

三月七日　柏楊版《資治通鑑》七十二冊出版齊全。

四月四日　客家語文刊物《客家臺灣》創辦。

四月廿七至三十日　兩岸在新加坡舉行首次「汪辜會談」，確立「一個中國」為兩岸交流原則。

四月　「臺灣地區區域文學會議」召開。以女性為主題的「女書店」在臺灣揭幕。

五月四日　附屬於《中央日報》的《世界華文作家》週刊創辦。

五月　廣州《華夏詩報》刊登讀者來信，認為余光中否定朱自清是散文大師等文章屬「文學上的大反攻，反攻大陸」。由鄭明娳總編的《當代臺灣文學評論大系》出版。

六月一日　《聯合文學》製作「一九九二年大陸短篇小說選萃」專輯。

七月　王志健出版的三冊《中國新詩淵藪》，引發爭議。《島嶼邊緣》推出「假臺灣人」專輯。

八月　新黨成立。國民黨十四屆全會召開，非主流派受重挫。

九月九日　曹禺名作《北京人》在臺北公演。

九月　施叔青香港三部曲之一《她名叫蝴蝶》出版。臺中YMCA創設「臺灣文化學院」。

十月一日　龔鵬程發表〈「我們的」文學

史〉，批評鍾肇政著《臺灣作家全集》排斥外省作家。

十月九日　周金波在日本演說時為「皇民文學」翻案。

十月十六日　新竹清華大學成立「臺灣研究室」。

十一月　為原住民發聲的《山海文化》期刊創刊。

十二月十六日　《聯合報》系文化基金會主辦「四十年來中國文學會議」。

十二月十七日　王德威發表〈一種逝去的文學？——反共文學新論〉。

十二月　確立總統直選。前衛出版社出版《臺灣作家全集》共五十卷，全部出齊，促成一系列國際性前衛藝術節的「身體氣象館」創辦。

是年，傳統活字印刷走入歷史。

一九九四

一月七日　朱秀娟長篇小說《大時代》出版，共六冊。

一月八日　《中國時報》主辦「從四〇年代到九〇年代——兩岸三邊華文小說研討會」。

一月十日　「臺灣筆會」推薦「一九九三年度本土好書」書單揭曉，鍾肇政《怒濤》等作品入選。

一月十八日　《文訊》雜誌舉辦「新生代文學研討會」。

一月　朱西甯發表〈光輝永續的反共文學——為王德威「四十年來中國文學會議」論文《一種逝去的文學？》稍作增補〉。林文義出版

《母親的河——淡水河紀事》。

邱永漢出版早期作品集《看不見的國界線》。

二月　《臺灣文藝》由李喬、鄭清文等人接辦。

三月十二日　前衛出版社舉行《臺灣作家全集》出版茶會。

三月廿六日　幼獅文化公司「幼獅文藝四十年大系」五卷本出版。

三月廿八日　「中國文藝協會」的理事長夏鐵肩去世。

三月　「臺灣現代詩研討會」在臺北舉行。

四月　鍾肇政主編的《客家臺灣文學選》出版。

五月　龍應台發表〈我是臺灣人，我不悲哀——給李登輝先生的公開信〉。

六月三日　「臺灣母語研討會」在新竹清華大學舉行。

六月十三日　由《中國時報》主辦的「第一屆時報文學百萬小說獎」揭曉，朱天文長篇小說《荒人手記》入選。

六月　《文訊》主辦的「九〇年代前期臺灣十件詩事」票選活動揭曉。

七月十七日　朱天文發表〈如何和張愛玲劃清界線〉。

七月廿八日　「國民大會」正式通過以「原住民」取代「山胞」、「高山族」等詞彙。

八月　葉石濤出版《展望臺灣文學》。鄭浪平著自稱「中共武力犯臺白皮書」《一九九五閏八月》出版，《聯合文學》於十二月製作「一場致命的幻覺？——會勘《一九九五閏八月》」。

九月廿七日　詩人楊熾昌去世。

十月四日　詩人羊令野去世。

十月廿五日　廣州《華夏詩報》發表「本報評論員」文章〈真理愈辯愈明——關於「余光中嚴詞否定新文學名家名作」爭論的一個尾聲並評古遠清的拙劣行徑〉。

十一月廿五日　「賴和及其同時代作家——日據時期臺灣文學國際學術會議」在新竹清華大學舉行。

十一月　《臺灣文學觀察》雜誌停刊。

十二月　臺北市、高雄市市長及臺灣省省長直接選舉。陳水扁當選臺北市市長。黃英哲編《臺灣文學研究在日本》出版。

是年，前衛出版社開始拍攝「臺灣文學家紀事」系列影片（二〇〇一年完成）。《島嶼與邊緣》雜誌倡導以「酷兒」取代同性戀，即「同志」一詞。

一九九五

二月十六日　臺北《世界論壇報》發表文章批駁廣州《華夏詩報》。

二月　「二二八」紀念碑落成，李登輝代表官方向受難者遺族謝罪。許俊雅出版《日據時期臺灣小說選》。陳若曦返臺。

三月四日至五月廿七日　《文訊》雜誌社主辦「臺灣現代詩史研討會」。

三月　《中華民國作家·作品目錄》（新編）出版。

四月十二日　哲學家牟宗三去世。

四月廿七日　《臺灣新文學》創刊，於一九九九年停刊。

五月六日　《幼獅文藝》在臺北舉辦「臺灣五十年來文學發展座談會」。

五月廿四日　「臺灣筆會」等十八個文化團體發表「臺灣文學界的聲明」，強調「大學文學院不能沒有臺灣文學系」。

五月　《呂赫若全集》出版。歌唱家鄧麗君在泰國去世。

六月　《雙子星》詩刊創辦。嚴歌苓在爾雅出版社出版《少女小漁》。作家張繼高去世。

六月廿四日　青年作家邱妙津在巴黎自殺。

七月七日　為紀念抗戰勝利五十周年，爾雅出版社出版紀念叢書《回憶常在歌聲裡》。

七月　彭瑞金發表〈是宣告臺灣文學獨立的時候了〉。《呂赫若小說全集》出版。

八月　純文學出版社停辦。陳昭瑛發表〈論臺灣的本土化運動〉，後引發「三陳」（陳昭瑛、陳芳明、陳映真）會戰。洛夫、杜十三編《八十三年詩選》出版。

九月八日　臺灣張派小說家的「祖師奶奶」張愛玲在美國去世。張默和蕭蕭合編的《新詩三百首》出版。

九月十日　陳芳明在《中國時報》「人間副刊」發表〈張愛玲與臺灣〉。

九月　臺灣第一部區域文學史《臺中縣文學發展史》問世。廖咸浩在《中外文學》發表〈為什麼要談認同〉的文章，引發獨派廖朝陽的回應，導引出持續一年的「雙廖大戰」。

十月十七日　臺大哲學系事件正式平反。

十月十九日　首屆「皇冠大眾小說獎」百萬徵文活動揭曉，張國立等人獲獎。

十月廿五日　《中國時報》、《聯合報》慶祝光復五十年時，統派用「回歸祖國」稱之，而獨派用「終戰」、「蔣家占領臺灣」名之。《文訊》雜誌主辦之「五十年來臺灣文學研討會」開幕。

十一月　馬森發表〈為臺灣文學定位——駁彭瑞金先生〉。

十二月十四日　小說家王定國開始寫總統選舉的一百天觀察和批評。

十二月　《中外文學》製作「後現代文化論」專輯。

是年，以「創造臺灣文化尊嚴」為宗旨的玉山社成立。平民出版社出版系列「新感官小說」。郭楓發表〈吐魯番火浴〉，認為余光中是臺灣文壇諸多不良風氣的推波助瀾者。

一九九六

一月八日　青年詩人林燿德去世。

一月廿九日　「臺灣文學研討會」在北京召開。

二月廿一日　新文學史家劉心皇去世。

二月　《誠品閱讀》停刊，共出二十五期。宋澤萊發表〈當前文壇診病書〉。

三月　李登輝首次直選為總統，連戰為副總統。林央敏出版《臺語文學運動史論》。中國語文學會出版《中國現代文學理論》季刊。《文訊》雜誌編《臺灣現代詩史論》出版。張大春出版小說《撒謊的信徒》。

四月廿至廿一日　「第二屆臺灣本土文化國際學術研討會」在臺北召開。

四月廿二日　應臺灣「中國作家藝術家聯盟」

邀請的第三梯次「大陸作家訪問團」，在臺北訪問十天。

五月廿五至廿七日　「張愛玲國際研討會」在時報廣場舉行。

五月　靜宜大學申請「臺灣文學」科系被教育部駁回。《巫永福全集》十五冊出版。

六月一至三日　《中央日報》副刊主辦「百年來中國文學學術研討會」。

七月　林瑞明出版《臺灣文學的歷史考察》。

九月二十日　「臺灣文學基金會」在高雄成立。

七月　游勝冠《臺灣文學本土論的興起與發展》出版。

九月　簡媜散文集《女兒紅》出版。

十月十四日　城邦出版集團成立。

十一月廿五日　陳芳明開始為《臺灣日報》的「非臺北觀點」專欄寫作。

十二月十六日　《山海文化》雜誌社為原住民設立的「山海文學獎」揭曉。

十二月　建國黨自民進黨分裂而成立，作家李喬擔任該黨決策委員。臺灣新聞報「西子灣副刊」刊登葉石濤〈黃得時未完成的《臺灣文學史》〉，並從此陸續登載葉石濤翻譯的《臺灣文學史》。

是年，「行政院原住民委員會」成立。岡崎郁子以邱永漢、陳映真、劉大任、鄭清文及原住民作家拓拔斯為研究對象，在日本出版《臺灣文學——異端的系譜》。教育部核准臺南師範學院成立「鄉土文化研究所」。

一九九七

一月七日　龍應台在上海《文匯報》發表〈啊，上海男人！〉，在海外引起軒然大波。

一月十日　《臺灣美學文件》季刊創刊。「世界中文報紙副刊學術研討會」在臺北舉行。

一月　余秋雨二度訪臺，做演講二十場，掀起「余秋雨文化旋風」。《乾坤》詩刊創辦。

二月十五日　「臺灣省文藝作家協會」榮譽理事長李升如去世。

二月十九日　中共第二代的領導人鄧小平在北京去世。

二月廿三日　武俠小說家臥龍生去世。

三月廿五日　私立淡水工商管理學院成立臺灣首所「臺灣文學系」。

四月十一日　戲劇家姚一葦去世。

五月十一日　彭瑞金發表《南方文學》，在打出「南方文學」旗號和「臺北文學」對抗的同時，主張「臺灣文學的主權在臺灣」。

五月廿二日　原「中國文藝協會」負責人陳紀瀅去世。

六月　「詩路，臺灣現代詩網路聯盟」正式運作。《一九九六臺灣文學年鑑》出版。

七月一日　香港回歸中國。「國民大會」決議廢除臺灣省。

七月　《文訊》以「文訊別冊」的形式與《中央月刊》合併。李喬在日本發表〈「臺北觀點」初探〉，認為統派的「臺北文學」已經成形。

八月　將清朝和中國大陸視為外國的《認識臺灣》教科書，引發統派人士的強烈抗議。馬森等著《二十世紀中國新文學史》出版。

九月十七日　李昂舉行新書《北港香爐人人插》發表會，後引發「兩個女人的戰爭」。

十月十日　《中央日報》的副刊中心主任梅新去世。

十月　兩場不同觀點的鄉土文學論戰二十週年研討會舉行，余光中拒絕出席「青春時代的臺灣——鄉土文學論戰二十週年回顧研討會」。九歌出版社設立二百萬元長篇小說獎。《文訊》制作「期待『現代文學資料館』」專輯，南北兩派學者對未來的臺灣文學館的館址和館名展開論爭。

十一月八日　《鍾理和全集》增補版面世。

十二月十四日　武俠小說《高手》雜誌創刊。

是年，蔡智恆在各大學的電子布告欄連載網路小說〈第一次的親密接觸〉。朱夜以文革為背景的長篇小說《籲神錄》出版。

一九九八

二月十日　張良澤開始發表〈臺灣皇民文學拾遺〉的系列文章，企圖為「皇民文學」翻案。

二月十四日　《張深切全集》十二冊出版。

三月廿二日　小說家朱西甯去世。

三月卅一日　九歌出版社舉辦創業二十週年慶祝會，並出版《臺灣文學廿年集》。

春，齊邦媛呼籲設立一個「獨立、沒有意識形態爭議的文學館」。

三月　司馬新（張默）發表〈打開天窗說真話——對一九九七年詩壇某些現象之檢討與省思〉，稱《葡萄園》和《秋水》是收容大陸劣等詩作的垃圾桶，引發文曉村等人的強烈反彈。

四月十一日　「兩岸文學交流會談」在臺北舉行，大陸出席的有陳忠實、陳世旭等人。

五月三日　首屆「五四獎」頒獎典禮舉行。

五月九日　首屆「全國大專學生文學獎」頒獎典禮舉行。

六月　李喬發表〈文學北、中、南〉，認為「臺北文學」變化詭譎，「南部文學」樸拙平淡，而中部文學介於兩者之間。臺灣作家文學館《楊逵全集》十四冊出版，為平裝本。

八月五日　《鄭清文短篇小說全集》出版，共七卷本。

九月十一日　評論家何欣去世。

九月　北京《文藝理論與批評》發表艾尚仁〈謝冕諸君應有個說法〉，質問謝冕等九位《創世紀》社務委員為這個「反共詩刊」做了什麼工作。

十月廿九日　「兩岸作家展望二十一世紀文學研討會」在臺北舉行。

十一月四日　「金庸小說國際學術研討會」在臺北舉行。

十一月　女鯨詩社成立。

十二月　馬英九當選臺北市長，陳水扁競選連任失敗。陳映真發表〈精神的荒廢——張良澤皇民文學論的批評〉。陳義芝主編《臺灣現代小說史綜論》出版。行政院同意將設於文化資產保存研究中心之下的

「文學史料組」提升為「國家文學館」。

是年，臺灣社會充斥日本流行文化，並掀起日本文學熱潮。藤井省三在日本出版《臺灣文學這一百年》。聯經出版公司首印二千套奇幻文學聖經《魔戒》。

一九九九

一月七日　《中國語文》創辦人趙友培去世。

一月廿五日　《出版法》廢止。

一月　立法院第三屆第六次聯席會議審查「國家文學館組織條例」草案時，通過將「國家文學館」更名為「國立臺灣文學館」。

二月十八日　資深作家黃得時去世。

二月廿四日　「皇民文學」的推動者、日本作家西川滿在東京去世。

三月十九至廿一日　《聯合報》副刊承辦的「臺灣文學經典研討會」舉行，後引發民進黨黨部的強烈抗議。

四月十日　《蘇雪林作品集》（日記卷）出版，共十五冊。「彭歌作品研討會」在臺北舉行。

四月廿一日　資深作家蘇雪林去世。

四月　高行健長篇小說《一個人的聖經》出版。

六月七日　德國臺灣文學研究家馬漢茂去世。

六月十五日　第一所中學「現代文學館」在明道中學誕生。

六月　《笠》詩刊發表莊柏林〈擺脫中國才有臺灣文學〉、黃樹根〈張愛玲是臺灣作家嗎？〉等作品。陳映真等編《一九四七～一九四九臺灣文學問題議論集》出版。陳義芝主編《臺灣文學經典研討會論文集》出版。「網路文學座談會」在中興大學舉行。

七月九日　李登輝提出「兩國論」。

八月　陳芳明開始在《聯合文學》連載《臺灣新文學史》片段。

九月廿一日　臺灣發生規模極大的地震，「震災文學」由此興起。

九月廿六日　資深作家龍瑛宗去世。

九月　陳映真在上海會見大陸首位研究臺灣文學的專家范泉。《臺灣文壇大事紀要（一九九三～一九九五）》出版。

十一月二日　評論家吳潛誠去世。

十一月十二日　邱貴芬在臺灣大學舉行的「臺灣文學國際研討會」上，指出「臺灣文學提倡本土化是一種暴力行為」，後引發彭瑞金反彈：〈本土化是反抗暴力的行為〉。

十一月　《中華民國作家作品目錄一九九九》七卷本出版。「戰後五十年臺灣文學國際學術研討會」在臺灣大學舉行。

十二月廿一日　「臺灣省政府」完成由「廢省」到「凍省」再到「精省」過程，一家出版社原定出版的「中華兒童文學叢書」近千本也由此被凍結。

是年，大學聯考不再考「三民主義」。姚宜瑛結束大地出版社業務。「年度十大讀書新聞」第一名是「網路書店世紀末發燒」。

二〇〇〇

一月五日 作家王昶雄和謝冰瑩分別去世。

一月八至九日 「解嚴以來臺灣文學國際學術研討會」在臺灣師大舉行。

一月 《李喬短篇小說全集》出版。

二月十日 《傳記文學》創辦人劉紹唐去世。

二月十五日 「李敖《北京法源寺》新書發表會」在臺北舉行。

三月四日 《柏楊全集》出版。

三月十九日 陳水扁在總統選舉造勢時發生「槍擊案」。

三月廿四日 李登輝辭去國民黨主席，由連戰擔任代主席。

三月 《八十八年詩選》出版。

四月 爾雅出版社陸續推出商禽等人的世紀詩選。

五月十二日 五十年代紅極一時的楊念慈小說《廢園舊事》再版。

五月十四日 「行政院新聞局」舉辦「向資深作家致敬」作品回顧展。

五月廿日 陳水扁和呂秀蓮出任總統、副總統。

七月八日 「臺灣南社」成立，社長為作家曾貴海，性質偏臺獨組織。

七月 陳映真發表批駁陳芳明文章〈以意識形態代替科學知識的災難〉，陳芳明於十月發表〈當臺灣文學戴上馬克思面具〉反駁陳映真。《中外文學》發表劉紀蕙編《中國符號與臺灣圖像專號》。

八月十一日 吳守禮發表《國臺對照活用辭典》。

八月 張大春小說《城邦暴力團》出版。

高行健獲諾貝爾文學獎。成功大學

九月　成立「臺灣文學研究所」。

十月六日　陳映真在北京發表〈論「文學臺獨」〉。

十月十五日　小說家孟瑤去世。

十月　《文學臺灣》發表趙天儀的演講稿〈臺灣文學研究的方向〉。

十一月　高行健獲諾貝爾文學獎，聯經出版公司將其小說《靈山》廣為發行十萬冊。夏祖麗《林海音傳》出版。駱以軍的長篇小說《月球姓氏》出版。

十二月十八日　「臺獨教父」葉石濤為日文版《臺灣文學史綱》作序時指出：「我真正的祖國是臺灣，但是我內心的故鄉是日本。」

是年，水瓶鯨魚主編《失戀雜誌》，帶動網路文學的平面出版新模式。林海音、賴和、鍾肇政、葉榮鍾、孫觀漢等老作家全集陸續出版。大陸作家衛慧小說《上海寶貝》在臺灣出版。改編自痞子蔡的網路小說《第一次的親密接觸》的同名電影上映。

二〇〇一

一月十五日　《臺灣e文藝》創刊。

一月十七日　教育部鼓勵公立大學增設臺灣文學系或臺灣文學研究所。

一月廿一日　陳映真發表〈天高地厚〉，批評高行健的諾貝爾獎受獎詞。

一月　臺灣加入WTO，兩岸的圖書零售開放，大陸書開始以低價進入臺灣市場。

二月八日　京劇《紅燈記》不作任何修改在臺北上演。大陸記者范麗青等二人首次抵臺採訪。

二月廿二日　日本出版漫畫《臺灣論》，漢譯本在臺灣問世後引起反日的「深藍」人士強烈抗議。

二月　高行健擔任臺北市駐市作家。《海翁臺語文學》創刊。

三月卅一日　世新大學成立「世界華文文學資料典藏中心」。

三月　琦君小說《橘子紅了》改編成電視劇上映。李喬出版《文化·臺灣文學·新國家》，認為「文化臺獨論」是建設未來「臺灣國」的根本。

四月廿五日　李敖舉行《上山·下山·愛》新書發表會。

四月　《九十年散文選》出版。

五月　「國立文化資產保存研究中心」公布「全臺詩編印計劃」以及「日據時期臺灣史料編譯計劃」。

六月　國立文化資產保存研究中心籌備處出版《楊逵全集》精裝與平裝版。

黃武忠、阮美慧編《洪醒夫全集》出版。

六月廿三日　風靡全球的兒童讀物《哈利波特》第一集在臺灣出版，掀起奇幻故事熱潮。

七月一日　張良澤主編《臺灣文學評論》創刊。

七月　「文建會」與美國加州大學合作出版《臺灣現代詩系列》英譯本。「文建會」與日本下村作次郎合作主持《臺灣原住民文學日譯計劃》。

八月廿二日　「文建會」把眷村住民稱為「新住民」，成為「原住民」並列的弱勢族群，引發張大春和朱天心的強烈不滿。

八月　藍博洲發表報導文學〈消失在歷史迷霧中的作家身影〉，邱貴芬主編的《日據以來臺灣女作家小說選集》出版。

九月 張春凰等著《臺語文學概論》出版。

二〇〇二

一月十六日 本土作家柯旗化去世。

一月 呂正惠、趙遐秋主編《臺灣新文學思潮史綱》在北京出版。

三月九日 《現在詩》創刊。

三月二十日 《未央歌》的作者鹿橋在波士頓去世。

三月卅一日 《張文環全集》出版。

三月 臺北市長馬英九主持「錢穆故居」開啟典禮。根據李喬大河小說《寒夜三部曲》改編的電視劇《寒夜》，在公共電視臺播出。

四月二十日 李歐梵當選中央研究院院士。

六月 「臺灣文學資料館」在真理大學麻豆校區開館。呂正惠《殖民地的

十月三日 《自立晚報》停辦。

十二月 焦桐成立「二魚文化出版公司」。

傷痕——臺灣文學問題》出版。

《北大荒》作者梅濟民去世。

七月十八日 九歌出版社出版「新世紀散文家」書系。

七月 陳映真在《聯合文學》發表中篇小說〈忠孝公園〉。王文興出版《小說墨餘》。

八月 陳水扁提出「一邊一國論」。陳映真編《反對言偽而辯——陳芳明臺灣文學論、後現代論、後殖民論的批判》出版。

九月九日 焦桐策劃的《臺灣現代文學教程》系列書籍出版。

九月廿二日 美學家王夢鷗去世。

九月廿五日　陳水扁出席成功大學臺灣文學系成立茶會。

十月十一日　大陸赴台作家無名氏去世。

十月廿二日　《王昶雄全集》出版。

十一月廿二至廿四日　成功大學舉辦「臺灣文學史書寫國際學術研討會」。

十一月　《臺灣原住民的神話與傳說》十冊出版。

是年，教科書全面開放，不再由「國立編譯館」壟斷，改為民間各自編輯。黃靈芝以國江春菁的筆名出版了用日語寫成的《宋王之印》。

二〇〇三

一月　《小說族》出至一七八期後停刊。

三月　「吳濁流文學藝術館」於苗栗西湖鄉落成。

四月十五日　《文學臺灣》發表〈展望光復以來臺灣文運〉，另發表彭瑞金〈文學只有獨立，沒有統一問題〉、黃英哲發表〈一九五〇年代臺灣的「國語」運動（上）〉，下篇在該刊七月十五日發表。

四月十八日　孫大川主編《臺灣原住民漢語文學選集》七冊出版。

四月　成功大學的臺灣文學研究所設立博士班。

五月二日　港版《蘋果日報》登陸臺灣，很快成為暢銷報紙。

五月四日　「中國文藝協會」主辦的《文學人》季刊創刊。

五月二十日　文壇新秀黃國峻自縊身亡。

夏，行政院公布「文書由左向右」，以便跟國際接軌。

五月　《文訊》不再由黨政出資。

六月九日　《壹詩歌》詩刊創刊。駱以軍出版長篇小說《遠方》。

七月十至十二日　龍應台在《中國時報》連載〈五十年來家國——我看臺灣的「文化精神分裂症」〉。《董橋精選集》出版。

七月　張大春小說《聆聽父親》出版。詩人大荒去世。

八月　《INK印刻文學生活雜誌》創刊。《七等生全集》十冊出版。

九月一日　《野葡萄文學誌》創刊。

十月九日　小說家王藍去世。

十月十日　九歌出版社出版《中華現代文學大系（臺灣　一九八九～二〇〇三）》共十二冊。

十月十五日　許達然發表〈建議《文學臺灣》考慮橫排〉。

十月十七日　「臺灣文學館」開館。「文建會」主委陳郁秀致辭時稱「臺灣人終於拿到臺灣文學解釋權」。

十月廿七日　原《幼獅月刊》主編司徒衛去世。

十月　應鳳凰等合著《臺灣文學百年顯影》出版。靜宜大學成立臺灣文學系。

十一月十三日　陳映真批判藤井省三在東京出版的《百年來的臺灣文學》。

十一月廿八日　由中國文化大學中文系等單位主辦的「回顧兩岸五十年文學學術研討會」在臺北舉行。

十二月六至七日　由佛光人文社會學院等單位主辦的「兩岸現代詩學國際學術研討會」在宜蘭舉行。

十二月廿七日　陳映真發起的「人間學社」成立。

十二月　中華人民共和國總理溫家寶訪問美國時，引用余光中的詩云：「這一灣淺淺的海峽，確實是我們最大的國殤，最深的鄉愁。」

是年，「國藝會」推出「長篇小說專案補助案」。

許俊雅編《無語的春天：二・二八小說選》出版。

二〇〇四

一月十一日　柏楊、朱天文、楊照等作家結合社運界人士籌組「族群平等行動聯盟」，對正在進行中的臺灣總統選舉表明族群立場和主張。

二月　由臺灣文學館委托施懿琳編纂《全臺詩》五冊出版。聶華苓自傳《三生三世》出版。

三月十日　九歌出版社開始出版「年度童話選」系列書。

四月五日　青年作家袁哲生自殺。

四月十五日　《臺灣文學評論》發表黎湘萍〈解讀臺灣——以兩岸知識者關於臺灣文學史的敘事為例〉。

四月廿九日　白先勇改編崑曲青春版《牡丹亭》在臺北上演。

四月　《臺灣文藝》停刊。

五月十二日　出版家沈登恩去世。

五月二十日　陳水扁再次當選為總統，後任命鍾肇政為「總統府資政」，李喬、葉石濤、楊青矗為「國策顧問」，吳錦發為「文建會」副主委。

五月廿一日　北京趙稀方在大陸發表〈視線之外的余光中〉，重提余光中的「歷史問題」。

五月廿四日　評論家胡秋原去世。

六月廿三日　詩人王祿松去世。

七月十五日　《文學臺灣》發表彭瑞金〈戰後初期「臺灣文學路向之爭」的真相探討〉。

七月廿三日　《文星》雜誌創辦人蕭孟能在上海去世。

七月　「文建會」啟動《臺灣大百科全書》編輯計劃。北京人藝在臺北上演老舍名作《茶館》。《INK印刻文學生活雜誌》製作張愛玲專號。

八月　藤井省三在臺北出版《臺灣文學這一百年》。

九月廿一日　余光中就其鄉土文學論戰中的歷史問題，在廣州《羊城晚報》發表〈向歷史自首？〉。

十月十五日　《文學臺灣》發表鄭炯明〈你所不知道的陳映真〉。《臺灣文學評論》發表沙漠〈「臺灣文學」與「鎖國文學」〉，並發表陳俊宏〈一場雞同鴨講的浪漫演出——解讀黎湘萍的《解讀臺灣》〉，同時發表黎湘萍〈愛與美——回應陳俊宏先生〉。

十月十六日　行政院文建會主辦「多元族群文化發展會議」，強調官方將推動各族群語言都成為「國家語言」。

十月十七日　陳水扁主持「臺灣文學館」成立一週年慶祝活動，同時舉辦「北鍾南葉主題書展」。

十月　柏楊、琦君、齊邦媛、鍾肇政、葉石濤獲得「總統府國家二等卿雲勳章」。《人間思想與創作叢刊》製作「余光中風波在大陸」、「陳映真駁藤井省三」專題。臺灣大學、中興大學、中正大學成立「臺灣文學研究所」。

十一月廿七日　「臺灣新文學發展重大事件研討

會」在臺灣文學館舉行。

十二月廿一日　統派教師向教育部陳情提高文言文比例，認為如果象徵中華文化的文言文消退了，那「中華民國就將不成為國了」，而獨派教師則認為提高文言文比例是「殖民教育」，是「中國豬」所為。史書美提出「華語語系文學」新概念。

二〇〇五

一月一日　本土詩人李魁賢出任「國家文學藝術基金會」董事長。

一月十四日　以余光中領銜的「搶救國文教育聯盟」成立。

一月十五日　《文學臺灣》發表彭瑞金〈臺灣的確需要文化大革命〉。

二月廿四日　聯經出版事業公司與上海季風書園合作專賣簡體字版圖書的「上海書店」在臺北開幕。

三月廿四日　臺灣師範大學人文教育中心主持編纂的《臺灣文化事典》出版，後因內容涉及「臺灣地位未定論」而引發爭議。

三月　「青少年臺灣文庫——文學讀本」十二冊出版。《張秀亞全集》十五冊出版。

四月六日　評論家黃武忠去世。

四月十五日　《文學臺灣》發表林瑞明〈臺灣文學研究的回顧與展望〉。

五月二日　孟樊主編《當代詩學》創刊。

五月十日　王鼎鈞回憶錄《關山奪路》出版。

六月二日　葉洪生等著《臺灣武俠小說發展史》出版。

六月三十日　《臺灣e文藝》停刊。

七月二日　「臺灣海翁臺語文教育協會」主辦的「第一屆海翁臺灣文學營」在臺南舉行。

七月十六日　馬英九出任國民黨主席。

七月卅一日　大陸學者古遠清《分裂的臺灣文學》在臺北出版，後被陳信元批評為「極盡分化之能事」。

七月　陳雪出版短篇小說集《惡女書》。

八月　「藍博洲文集」在北京出版。

九月十六日　資深編輯家馬各去世。

九月十七日　由陳芳明負責的政治大學臺灣文學研究所成立。

九月三十日至十月一日　「臺灣大河小說作品學術研討會」舉行。

十一月一日　詩人杜十三炮打獨派政客謝長廷，後引發藍綠作家不同的詮釋。

十一月三日　小說家潘人木去世。

十一月廿六日　《鹽分地帶文學》創刊。

十二月十五日　《文學臺灣》開始連載曾貴海〈臺灣戰後反殖民與後殖民詩學〉。

十二月廿七日　評論家魏子雲去世。

是年，「龍應台文化基金會」成立。

二〇〇六

一月二日　評論家沈謙去世。

一月廿四日　臺灣文學館主辦首屆臺灣文學研究論文獎名單揭曉。

一月廿六日　龍應台在《中國時報》發表《請用文明來說服我》的「公開信」。

一月　由教育部青少年臺灣文庫策劃的文學讀本十二冊出版。

二月一九、二十日

陳映真在《中國時報》發表〈文明野蠻的辯證——龍應台女士《請用文明來說服我》的商榷〉。在此前後加拿大樊舟也發表〈請不要用文明說服我——評龍應台近作〉。

二月廿三日　《聯合報》特闢「差異與交鋒」專欄，連續刊登八篇討論龍應台和陳映真的文章。

二月廿四日　臺北電視新聞播放余光中和教育部長杜正勝辯論的新聞。

三月十七日　和「搶救國文教育聯盟」對立的「搶救白話文聯盟」等單位主辦的「還原臺灣文學的主體性——臺灣文學再正名座談會」舉行。

三月　蔡金安主編《為臺灣文學正名》出版。「楊逵文學紀念館」在臺南落成。「青少年臺灣文庫——文學讀本」十二冊由「國立編譯館」出版。

五月五日　臺灣文學館規劃建置《臺灣文學辭典》檢索系統正式開放使用。

五月九日　翻譯家葉笛去世。

五月十四日　詩人上官予去世。

五月　成功大學中文系成立「現代文學研究所」。

六月一日　《中央日報》停辦。

六月六日　《臺灣日報》停辦。

六月七日　散文家琦君去世。

五月　向陽主編《二十世紀臺灣文學金典》出版。

六月廿八日　皇冠文化公司控告北京經濟日報出版社未經授權出版張愛玲作品，該出版社敗訴，需賠償四十萬元人民幣給「皇冠」。

七月六日　漢學家夏志清當選中研院院士。

七月　《高雄文學小百科》出版。黃錦樹

等編《重寫臺灣文學史》出版。邱家洪著《臺灣大風雲》五冊出版。

八月八十日　「臺灣大河小說家作品學術研討會」在臺南臺灣文學館舉行。

八月　邱貴芬編《臺灣政治小說選》出版。張雙英著《二十世紀臺灣新詩史》出版。

九月六日　第二十一屆《聯合文學》小說新人獎決審認為，新臺灣寫實主義已經誕生。

九月九日　「紅衫軍」倒扁運動走上街頭，施明德為總指揮，詩人詹澈任副總指揮，龍應台從香港赴台聲援，陳芳明發表〈除了挺扁，民進黨能做什麼〉。

九月三十日　詩人胡品清去世。

十月六日　陳映真二度中風入院，暫別文壇。

十月十五日　《文學臺灣》發表曾貴海〈思辨與邏輯——談陳芳明〈臺文所與中文所〉一文中的觀點〉。

十月二十日　黃英哲主持編譯《日治時期臺灣文藝評論集（雜誌篇）》出版，並舉行新書發表會。

十一月三十日　《民生報》停刊。

十二月　《龍瑛宗全集》共八冊出版。

是年，「國家統一綱領」宣告終止。皇冠出版社開始控告大陸六家出版社侵犯其對張愛玲的著作權。蘇偉貞《張派作家世代論》出版。臺灣文化界討論「悅納異己」論述。

二〇〇七

一月　香港《亞洲週刊》選出二〇〇六年中文十大小說，蘇偉貞《時光隊伍》、張大春《戰夏陽》入選。臺灣文學館出版《全臺賦》三冊。

二月六日　柏楊捐贈其文物計一七四五六件，入藏北京「中國現代文學館」。

春，李敖開始嚴厲批大陸文壇，並說季羨林不是國學大師，不過是語文能力較強。

三月　臺灣文學館正式定名為「國立臺灣文學館」。劉亮雅等人合著的《臺灣小說史論》出版。

六月　北京上海等十二家出版社聯合發表聲明，不承認皇冠出版社繼承張愛玲著作權的合法性。

七月二十日　白先勇著《紐約客》出版。

七月廿五日　資深作家劉枋去世。

八月　《文學「臺獨」批判》兩巨冊在北京出版。黃哲永等人主編《全臺文》七十五冊出版。臺灣文學館籌備處改制，以官方四級機構營運。

九月廿七日　「皇冠」出示一份張愛玲的親筆信複印件，證明「皇冠」擁有獨家永久出版權，以此作為索賠新證。

九月　鍾怡雯、陳大為主編的《馬華散文史讀本　一九五七～二〇〇七（卷一）》出版。

十一月九日　根據李喬同名史詩改編的《臺灣——我的母親》開始在全臺地區巡迴演出。

十一月十日　「柏楊國際學術研討會」在臺南大學舉行。《吳新榮日記全集》舉行新書發表會。

十二月廿五日　詩人文曉村去世。

十二月　「國家文藝基金會」公布「長篇小說創作發表專案」補助名單，由鍾文音等四位作家獲得。文史哲出版社出版王堯主編《文革文學大系》十二冊。

是年，朱天文出版長篇小說《巫言》。指考文史試題中國古典文學和中國歷史所占分數大幅升高，另還有中學課本沒有的夏志清〈中國現代小說史〉和王德威的論文〈一種逝去的文學？〉作為考試內容，引發獨派的強烈反彈。《人間思想與創作叢刊》推出「學習楊逵精神」專輯。史書美替《中外文學》策劃「弱勢族群與跨國主義」專輯。

二〇〇八

一月十五日　《青溪論壇》創刊。

一月　大陸學者古遠清著《臺灣當代新詩史》在臺北出版，後引起爭論。

二月一日　小說家王拓出任「文建會」主委。

李進文出版詩集《除了野薑花，沒人在家》。

二月廿三日　評論家尹雪曼去世。

二月廿八日　臺灣文學館舉辦「二二八文學展」。

四月五日　《誠品好讀》停刊。

四月七日　「推理文學研究會」成立。

四月十日　九歌出版社出版七本《臺灣文學三十年菁英選》。

四月十至十三日　「中國苦難文學暨戒嚴與後戒嚴時代臺灣文學」國際研討會在臺北舉行。

四月廿九日　資深作家柏楊去世。

四月　《皇冠》雜誌發表新發現的張愛玲遊臺灣手稿。《葉石濤全集》二十冊出版。

五月　「中國文藝協會」會刊《文學人》革新號出版。

五月　馬英九當選為總統，蕭萬長任副總統。

五月廿四、廿五日　由陳芳明主持的「余光中先生八十大壽學術研討會」在政治大學舉行。

五月　大陸作者古清遠編著《余光中評說五十年》在北京出版。

六月　彭瑞金著《高雄市文學史》出版。《二○○七臺灣兒童文學年鑑》出版。「文建會」出版閱讀文學地景系列套書。

七月　《文訊》主編的《二○○七臺灣作家作品目錄》三冊出版。

八月十五日　陳水扁因涉嫌貪汙退出民進黨。

九月十日　資深作家巫永福去世。

九月　陳芳明出版散文集《昨夜雪深幾許》。

十月廿二日　劇作家姜龍昭去世。

十一月廿三日　以出版臺獨書籍著稱的前衛出版社因經營困難清倉賣書。

十二月十一日　資深作家葉石濤去世。

二○○九

一月廿七日　《中央日報》副刊之前主編孫如陵去世。

二月　張愛玲遺作《小團圓》由皇冠出版社出版。《商禽詩全集》出版。

三月十日　王鼎鈞完成《文學江湖》等四部回憶錄。

三月廿五日　女作家曹又方去世。

三月　謝里法的歷史小說《紫色大稻埕》出版。

四月十日　洛夫著《洛夫詩歌全集》新書發表會舉行。

四月十五日　《文學臺灣》發表陳建忠〈詮釋權

爭奪下的文學傳統，臺灣「大河小說」的命名、詮釋與葉石濤的文學評論〉。

四月十八日　臺灣八所大學十四位學生共同組成「風球詩社」，並創辦同名詩刊。

四月廿六日　創辦於一九九二年四月的《聯合報》「讀書人」副刊停辦。

五月一日　《文訊》雜誌製作「懷想五四‧紀念五四」專輯。

五月五日　《中國時報》「人間」副刊主編高信疆去世。

五月　黃春明著《黃春明集》八冊由聯合文學出版社出版。林博文《一九四九石破天驚的一年》出版。

七月七日　齊邦媛《巨流河》出版。

七月廿一日　由吳三連臺灣史料基金會主辦的「鹽分地帶文藝營」舉辦三十年後因學員人數不足停辦。

七月　臺灣原住民作家筆會成立。

八月七日　臺灣文學館舉辦「林海音文學特展」。

八月廿七日　資深作家艾雯去世。

八月廿八日　陳芳明接受媒體採訪時，表示不再把臺獨作為自己追求的人生理想。

七月至八月　《文訊》策劃專題「回顧關鍵年代～一九四九文化事件簿」。

九月一日　國民黨撤退臺灣六十週年之際，龍應台推出《大江大海一九四九》。

九月十五日　楊青矗出版長達八十萬言的小說《美麗島進行曲》，由「衝破戒嚴」、「高雄事件」、「政治審判」組成。

九月　《文訊》雜誌社等單位策劃了「向大師致敬」活動，並出版「人間風景——陳映真」專輯。吳錦勳採訪撰述《臺灣，請聽我說——歷抑的、裂變的、再生的六十年》出版。

十月五日　日本文壇巨擘大江健三郎首度踏上臺灣土地。

十月二十至廿九日　由羅智成策劃的第十屆臺北詩歌節舉行。

十一月一日　隱地著《遺忘與備忘》出版。二十萬字回憶錄《巨流河》作者齊邦媛獲第五屆總統文化獎。臺灣學者高準與大陸學者古遠清就余光中評價問題，在臺北出版的《傳記文學》再次交鋒。

十一月廿一日　「臺文筆會」在臺南成立，由李勤岸任理事長。

十二月六日　高雄文學館於葉石濤去世一週年時豎立銅像，並發表《葉石濤全集》續篇。

二〇一〇

一月十四日　劉兆玄接任「國家文化總會」會長一職。

一月廿九日　小說家蕭颯去世。

二月一日　李瑞騰出任臺灣文學館館長。

二月六日　《文學客家》創刊。

二月廿七日　第一本本土母語文學選集《天光》出版。

四月十五日　《文學臺灣》發表〈日文版《臺灣文學史綱》的出版——兼論戰後日本學界的臺灣文學論述〉。

四月十七日　封德屏擔任「中國婦女寫作協會」會長。

四月　朱天文系列作品共四冊由上海譯文出版社出版。

五月廿一至廿二日　「第四屆經典人物——李昂跨領域國際學術研討會」在嘉義中正大學舉行。

五月廿三日　詩人秦嶽去世。

六月四至五日　「演繹現代主義——王文興國際研討會」在桃園中央大學舉行。

六月廿六日　詩人商禽去世。

七月一日　華文詩人許世旭在韓國去世。

七月十六日　駱以軍《西夏旅館》獲香港「紅樓夢獎」。

七月廿六日　有大陸資本背景的新經典文化出版社在臺灣成立。

八月　推理雜誌《九曲堂》創辦。陳映真出任中國作家協會名譽副主席。

九月九日　張愛玲自傳小說《雷峰塔》、《易經》由皇冠文化出版公司出版。孫大川著《搭蘆灣手記》出版。

九月十五日　詩人杜十三在南京去世。

九月廿四至廿六日　楊牧國際學術研討會在臺北政治大學舉行。

十月五日至十一月廿八日　「眷村文化節・想我眷村作家——主題館藏展」在桃園舉行。

十月十六至十七日　由江蘇鹽城師範學院等單位主辦的「蔡文甫作品研討會」在該校舉行。

十一月七日　「臺灣客家筆會」成立。

十一月十七日　由陳芳明、廖咸浩等參與的「國民文化與國民文學的座談會」在臺灣文學館舉行。

十一月　臺灣文學館出版《當代臺灣作家評論資料目錄》八冊。

十二月二日　「梁實秋文學獎」頒獎典禮在臺北舉行。

十二月二至七日　世界詩人大會在臺北舉行。

十二月四日　《錦連全集》出版。

十二月十日　《馬森文集》六冊出版。

二〇一一

一月四日　皇冠文化集團等單位舉辦的「三毛逝世二十週年紀念特展」在臺北開幕。

二月十五日　「九歌二百萬長篇小說徵文」揭曉，張經宏著《摩鐵路之城》獲得首獎。

四月　「他們在島嶼寫作——文學大師系列電影」上演。

五月二十日　陳芳明在臺南演講中稱《現代文學》資金來源為美國新聞處，引發白先勇等人的反彈。

五月廿一至廿四日

是年，國民黨為慶祝「中華民國建國一〇〇週年」，擬拍攝「國父」紀錄片，顧問平路不認同將孫中山視作聖人，後受到胡佛及周陽山的批駁。

《文協六十年實錄》出版。

「百年小說研討會」分別在臺北、臺南召開。

五月廿四日　黃春明在臺南演講「臺語文書寫與教育的商榷」，遭到蔣為文的現場抗議。

七月一日　羅智成任中央社社長，張曼娟任香港光華新聞文化中心主任。封德屏未經陳映真授權，將其文章收入《現當代作家資料研究彙編〇二——吳濁流》，特在《文訊》發表道歉啟事。

七月六日　散文家陳冠學去世。

七月十五日　翻譯家葉泥去世。

七月　臺北首家文學館舍「紀州庵文學森林」揭幕。

八月十八日　詩人羅盤去世。

八月廿二日　小說家鍾鐵民去世。

九月廿四至廿五日　第四屆兩岸四地當代詩學論壇在臺北教育大學舉行。

十月一日　民俗學家朱介凡去世。

十月　「臺灣文學的內在世界」展覽在臺南開幕。

十一月二日　陳芳明《臺灣新文學史》新書發表會在臺北舉行。

十一月廿九日　「兩岸文學高峰會議——大陸文學作家參訪暨文學交流會議」在臺北舉行。

十二月廿五日　學者朱炎去世。

十二月　《墨人全集》六十冊問世。

二〇一二

一月二日　小說家陳燁去世。

一月十三日　龍應台出任「文建會」主委。

一月十五日　小說家余之良去世。

二月廿四日　小說家周嘯虹去世。

二月廿五日　散文家陳之藩在香港去世。

三月十九日　由臺南市文化局出資的《臺江臺語文學季刊》創辦。

三月卅一日　《現當代作家資料研究彙編（第二階段）》新書發表會在臺北舉行。

三月　「蔣勳熱」在大陸持續不斷，中信出版社推出八輯蔣氏作品。

四月三十日　詩人陳千武去世。

五月廿一日　龍應台出任文化部部長。

六月一日　《短篇小說》創刊，由傅月庵擔任主編。

六月廿二日　榴紅詩會在府城舉行。

八月十二日　詩人鍾鼎文去世。

八月三十日　由人間出版社出版的「人間思想」叢刊問世。

十一月九日　由臺北市文化局籌建「華文文學資訊平臺」開放上線測試。

十一月十六至十八日　第二屆「二十一世紀世界華文文學高峰會」在臺中市舉行。

十一月十七日　小說家古之紅去世。

十一月　第四十九屆臺灣金馬獎頒給人陸和香港的獎項數目首次超過臺灣，引來民進黨立委攻訐：「金馬獎成了瘋馬獎，必須停辦」。

十二月廿六日　學者顏元叔去世。

十二月　「臺灣文學史長編」三十三冊全部完工。林央敏《臺語文學史及作品總評》出版。北京電臺音樂臺最受兩岸聽眾喜歡的「中國歌曲排行榜」，計劃在臺北舉辦頒獎盛典，後遭民進黨強烈抗議而取消。

是年，多份報刊接連出版華語語系專欄，「華語語系文學」這一概念由此引起臺灣學界高度重視。

二〇一三

一月六日　「銀鈴會」同仁錦連去世。

一月十五日　鄭炯明在《文學臺灣》發表〈詩人的墮落〉，批評余光中在英譯中問題上，把並非字眼的英語「笨拙」譯為「大智、大巧」的神奇。

二月二日　「兩岸兒童文學作家交流會」在臺北舉行。

二月　臺北市文化局擬斥資三點三億，打

造以「華文文學創作」為主題的臺北文學館。

三月四日　浦忠成著《原住民文學史綱》英譯本出版。

三月　交大亞太/文化研究室的「重訪後街——以陳映真為線索的一九六〇年代」系列活動開始舉行。

四月四日　小說家張放去世。

四月　湖南衛視在臺灣舉辦「我是歌手」節目，竟引來時任民進黨主席蘇貞昌攪局，大罵大陸的對臺工作做到「入島、入戶、入腦」。

六月十九日　小說家郭良蕙去世。

七月廿二日　詩人紀弦在美國去世。

七月卅一日　臺灣文學館舉辦「釘根與散葉——臺灣文學系所特展」。

九月一至三日　「臺灣文學大會師」活動於北、中、南三地舉行。

九月三日　傳記作家王璞去世。

九月十五日　大陸作家莫言訪臺。

九月廿四日　戲劇學者黃美序去世。

九月　高雄市政府同意「文學臺灣基金會」籌建「文學臺灣館」計劃。

十月十一日　小說家蕭白去世。

十月十二日　臺灣文學館十年館慶典禮與系列活動在臺南舉行。

十一月　李魁賢著《人生拼圖——李魁賢回憶錄》出版。郭楓在香港《明報月刊》發表〈詩活動家紀弦的臺灣獨步〉，後引發羅青的回應。

十二月廿九日　學者夏志清在美國去世。

是年，史書美出版《視覺與認同——跨太平洋華語語系表述．呈現》。

二〇一四

一月十一日　《中國時報》開卷好書獎舉行頒獎典禮。

一月十七日　翁志聰出任臺灣文學館館長。

一月十九日　香港《亞洲週刊》二〇一三年十大小說評選揭曉，黃錦樹等人的作品入選。

一月廿七日　賴和文教基金會等團體發佈〈臺灣文學界致龍應台部長公開信〉，指責翁志聰出任臺灣文學館館長係「行政霸權踐踏文學專業」。

三月三日　出版家姚宜瑛去世。

三月廿七日　「全球華文寫作中心揭牌儀式暨文學創作座談會」在臺北臺灣師範大學召開。

四月十二日　臺灣與馬來西亞文學交流暨新書發表會在東華大學舉辦。

五月一日　詩人周夢蝶去世。

五月十日　《笠》詩刊五十週年系列活動在臺北、臺中等地分別舉行。

五月廿四日　臺灣文學館首次邀請大陸學者古遠清主講〈臺灣文學在大陸的傳播與接受〉。

六月廿三日　第一八屆「國家文學獎」揭曉，旅美作家王鼎鈞獲獎。

六月廿八日　第二屆華文學生文學獎頒獎典禮在明道中學舉行。

六月三十日　首屆《聯合報》文學獎大獎揭曉，陳列獲獎。

八月十七日　「文學生命力的延伸——談文學館的想像與實踐」座談會在高雄舉行。

八月廿三、廿四日　「第三屆兩岸民族文學交流暨學術研討會」在臺北舉行。

九月廿二日　美國第四屆紐曼華語文學獎由朱天文獲得。

十月十五日　「文學臺灣基金會」於高雄市籌建「文學臺灣館」在積極進行中。

十月一七至十八日　「施叔青國際學術研討會」在臺北舉行。

十月廿四至廿六日　兩岸新詩國際論壇在臺灣舉行。

十月　自稱是「灣生」後裔的陳宣儒，化名田中實加出版紀實文學《灣生回家》，由遠流出版社推出五萬多本。後來作者向讀者道歉，承認自己不是臺日混血的「灣生」後裔。

十一月廿二至廿三日　首屆「全球華文作家論壇」在臺北舉行。

十一月廿八至十二月三日　兩岸文學刊物主編高峰論壇在臺北召開。

十二月一日　文化部部長龍應台發佈「辭官聲明」，後由洪孟啟繼任代理部長。

十二月十六至廿八日　「第二屆海峽兩岸文學筆會」在臺灣舉行。

是年，中島利郎、河原功、下村作次郎編著《臺灣近現代文學史》在日本出版。

二〇一五

一月十四日　由《文訊》主持的「澳門作家座談會」在臺北召開。「臺北市國際書展」大獎揭曉。

二月十日　馬森著《世界華文新文學史》新書

發表會在臺北舉行。

二月廿七日　涂靜怡所著的回憶錄《秋水四十年》出版。

三月廿一日　隱地在《聯合報》發表〈文學史的憾事〉，尖銳批評《世界華文新文學史》。

三月　大陸學者林丹婭主編《臺灣女性文學史》出版。

四月十五日　《文學臺灣》為奧斯定著《直銷臺獨——「臺灣獨立建國」道路的探索》做大幅廣告。

四月廿七日　「夏志清紀念研討會暨《夏志清．夏濟安書信集》新書發表會」在臺北舉行。

四月九日　詩人辛鬱去世。

五月廿三日　「日本臺灣學會」與「天理臺灣學會」學術大會在日本天理市舉行。

五月廿八至廿九日　「兩岸青年文學會議」在北京舉行。

五月卅至卅一日　鍾肇政文學國際學術研討會在臺中舉行。

六月四日　小說家廖清秀去世。

六月十三日　大陸學者古遠清在《聯合報》發表〈吃了一隻辣椒〉聲援隱地。

六月廿七日　第二屆「《聯合報》文學大獎」得獎者為王定國。

六月　馬森在《新地文學》發表一篇公開信，以「不共戴天」形容他與隱地的分歧。

七月十五日　第四屆兩岸交流紀實文學獎頒獎典禮在臺北舉行。

七月十八日　第十三屆「花蹤文學獎」頒獎典禮在吉隆坡舉行，余光中獲世界華文文學獎。

七月卅一日　成功大學中文系特聘教授陳益源擔

任臺灣文學館館長，獨派團體強烈抗議起用「立場親中」的陳益源接任館長。

八月廿四日　「銘記民族歷史，珍愛兩岸和平——海峽兩岸抗日題材作品座談會」於北京舉行。

十月十五日　彭瑞金在《文學臺灣》發表〈高喊臺灣文學獨立，會引發戰爭嗎？〉

十月廿六日　第三十八屆「時報文學獎」得獎名單在臺北揭曉。

十二月十日　隱地出版新書《深夜的人》，內有〈文學史的憾事（續篇）〉，回應馬森對他的攻擊。

十二月十五日　陳芳明著《臺灣新文學史》由下村作次郎的團隊翻譯成日文在日本出版。

十二月十六日　由《文訊》等單位主辦的「二〇〇一～二〇一五華文長篇小說二十部」及「二〇〇一～二〇一五臺灣長篇小說票選前三十部」名單揭曉。

十二月　《兩岸詩》在臺北創刊。

是年，行政院國家科學委員會的研討計劃申請類別中，仍然只有「中國文學」，沒有「臺灣文學」，教育部的教師升等著作類別中，同樣沒有「臺灣文學」。《臺中文學地圖》、《府城文學地圖》的出版，掀起了文學地圖熱。「桃園文學獎」改為「鍾肇政文學獎」。真理大學麻豆校區的「臺灣語言學系」停辦。

二〇一六

一月七日　香港《亞洲週刊》公布二〇一五年十大好書，其中有藍博洲著《臺灣學運報告》。

一月廿九至三十日　日本橫濱國立大學舉辦「第五屆國際工作坊：臺灣文學中的日本表象的相互性」，由垂水千惠主持。

二月一日　《文訊》雜誌發表〈小說引力，臺灣魅力——記「二〇〇一～二〇〇五華文長篇小說二十部」評選活動〉、〈「二〇〇一～二〇〇五長篇小說」評選調查報告〉。

四月廿六日　施叔青擔任香港浸會大學的駐校作家。

五月一日　《文訊》雜誌製作「澳門東西交匯的歷史性與獨特性」專題。

六月五日　中山醫學大學臺文系倒閉，後引發媒體討論「臺文系是否將逐一關門」。

六月三十日　《葉石濤短篇小說英譯選集》新書發表會在臺南舉行。

七月十五日　《文學臺灣》發表彭瑞金〈臺灣文學系話題再起〉。

七月十六日　「小說引力：臺灣與馬來西亞、新加坡講座」在臺北舉行。

八月九日　鄉土作家王拓去世。

八月十六日　臺灣大學出版中心舉辦「何處是故鄉——漂泊人生下的越境認同」講座。

八月二十日　加拿大華裔作家協會向洛夫頒發「加華文學成就獎」，歡送即將回臺灣定居的洛夫伉儷。

九月一日　中興大學特聘教授廖振富出任臺灣文學館館長。

九月　大陸學者古遠清著《臺灣新世紀文學史》由花木蘭文化出版社出版。

十月十五日　《文學臺灣》製作該刊一百期紀念專號，其中康原認為該刊系「走揣臺灣獨立心靈的長河。」

十月廿四日　兩岸文學出版交流的見證者陳信元去世。

十一月廿二日　左翼作家陳映真在京去世。

十二月卅一日　蔡英文印製春聯「自自冉冉，歡喜新春」，立刻招來臺灣文學館館長廖振富質疑，該「春聯」存在「自自由由」被錯成「自自冉冉」等三大問題。

十二月　《臺灣現當代作家研究資料彙編》第六輯出版。

後記

朋友們希望我寫一部《臺灣文學史》，可由於種種原因未能如願。猶記十年前，當北京一家出版社社長（也是知名學者）約我寫一本《臺灣文學地圖》時，我還有點猶豫，但盛情難卻，畢竟依約完成了任務，可當書稿配好插圖出清樣時，那位社長因年齡關係和我一樣「回家賣紅薯」去了。「人一走，茶就涼」，該出版社不願再將這部書稿列入出版計劃，我只好讓這部「地圖」在中國地圖上的各地出版社行走、流浪，結果是杳如黃鶴。偶有回音，也是「拿錢來！」正當我感到茫茫暗夜無盡頭時，突然前面露出曙光，武漢某出版社願意接受這顆「紅薯」，且不要任何資助，還付可觀的稿酬，這使我有如遇知音之感。

為了不辜負出版社的美意，我決心將原來的書稿拆散重寫，下決心用辭條的形式去考察臺灣當代文學的產生、轉化和演變，將漂移於不同歷史文化場域過程中被遮蔽或變形的現象、事件挖掘出來，讓其成為一部特殊形態的當代臺灣文學史，以證明「重寫」臺灣當代文學史之必要和「重寫」之可能。這不是出於自戀或狂妄，而是出於一種長期形成的更新研究方法去開拓臺灣文學研究新領域的願望，也出於對自己學術生命的珍惜。可當我把這一計劃告訴一位同行後，他不無醋意地說：「老古，你已經這樣古老了，還在我們中間擠來擠去幹什麼！」我想，我有這麼古這麼老嗎？反觀這位學者，頭頂上也蒙「不白之冤」，已接近「賣紅薯」之年哩。學術研究本無所謂退休或不退休的。於是，我忘記了自己的年齡和「老秘」（內人）一起上陣，加班加點，在今年春節的鞭炮聲中總算將這部書稿殺青。

有朋友問，書中所寫的「論爭」和「事件」有何區分？答：「論爭」一般侷限在文學領域，而「事件」超越了文學意義而成了新聞話題，它帶有公共性和時效性，有時還和政治緊密相關。臺灣當代文學範圍大，下限無盡頭，本書許多辭條屬不久前發生的思潮、現象、事件，還未經歷史沉澱，故辭條的釋義無法做到經典化，又由於自己遠未窮盡臺灣文學的資訊和史料，且在寫法上難於長短一致，故此書肯定存在著不少規範之處，這要請讀者原諒。

當這部工具書面世時，我不知道它是來得太快還是太慢。至少我覺得自一九八九年四川人民出版社出版首部《臺灣新文學辭典》後，大陸已過三十年後才出同類書，這不是多了而是少了，而且時間也晚了。臺灣當代文學已走過七十年，其中跨越現、當代文學的作家絕大部分已作古。當我來到臺灣大學圖書館，發現劉心皇的《當代中國新文學大系——史料與索引》這類書三十多年來就只出過這一本時，尤其是當我奔波於臺灣南北兩地尋找全套《藍星宜蘭版》空手而歸時，當我向某些當事人求證余光中鄉土文學論戰期間向國防部檢舉陳映真一事，「目擊證人」不是住院就是記憶模糊時，我覺得自己寫史的構想要是提前十年就好了。當然，大陸的臺灣文學研究起步晚，這與當年政治分離有關。在改革開放前，有誰聽說過瓊瑤，聽說過白先勇和吟誦過〈鄉愁〉啊？就是有，多半是罵一聲腐朽沒落的資本主義文藝便揚長而去。大門打開了，彼岸的探親船啟動了，臺灣文學也跟著登陸。大陸學者在研讀之餘出了多部《臺灣文學史》及其分類史、專題史，而臺灣那邊，直到現在還未出版過一部嚴格意義上的《臺灣文學史》（陳芳明的《臺灣新文學史》，臺灣作家隱地認為是「史論」而非「史」）。至於工具書，多年前就聽說對岸有編撰《臺灣文學辭典》的宏大計劃，可「只聽樓梯響，不見人下來。」而擺在讀者面前這部《臺灣當代文學辭典》，卻由一人獨立完成。孤家寡人寫書的好處是觀點前後統一、文風一致，缺陷是不能集思廣益，且掌握的資料不像多人合作那樣全面和豐富。這次編寫《辭典》，我深深感到「一個巴掌拍不響」。

編《辭典》應以第一手資料為主，筆者是盡量這樣做的。但必須坦言，筆者無法將所有臺灣雜誌過目，更不可能擁有書中寫的全部作品，這就難免出現紕漏。孤軍奮戰的困難也正在於網羅所有作家作品之難、確定不是那麼重要的書和不那麼有貢獻的作家該不該上《辭典》之難，還有不同版本校勘之難。然而這難那難，只要有恆心，就有可能化難為易，將《辭典》的謬誤減少到最低限度。記得筆者一九九五年初次訪臺時，三十年代的老作家胡秋原曾和我說：「寫作是一人麻將。」我現在才明白這句話的含義，原來一個人寫書的樂趣不亞於別人在方桌上擺長城。回想這一年多來，我未擺長城，倒像挖礦工人一樣沙裡淘金，本來可歇筆了，又發現了新資料；本來可統稿了，可從澳門大學和香港大學訪問歸來後，收到朋友從臺北寄來重達數十公斤的新書，還有原先複印的許多新資料，又得重新補充、修訂。總是寫不完，總是沒有定稿的時候，最後發現還差了一個〈臺灣當代文學大事記〉，又奮戰了數月。我由此也樂在其中，樂在新發現新修訂的亢奮之中。

我深知，《臺灣當代文學辭典》只是一部小型工具書，不能無限膨脹，必須惜墨如金，因而將作家小傳盡量縮短。而對新出現的文學現象、事件尤其是與大陸文壇相異之處，則盡可能加以記載。臺灣本來不僅是文學大區，而且在文學的發展變化上，走著與大陸不同的路，創作了許多有臺灣特色的作品，填補了大陸「魯迅走在金光大道上」時代的空白，與此同時出現了不少大陸讀者難以理解的現象。對於這樣一個蘊含著豐富寶藏的臺灣文壇，儘管兩岸學者在深入「挖礦」，但總有遺珠之憾，像本書中所寫「臺灣的『大陸文學』」、臺灣的「日本語文學」、「查禁張道藩的歌詞」、「張腔胡調」、「兩報三臺」、「文化漢奸得獎案」、「胡秋原回應《紅旗》雜誌之誹謗」、「周令飛飛臺引發的魯迅熱」、「北鍾南葉中李喬」、「後遺民寫作」……便是過去臺灣文學史書未寫到或語焉不詳的。把這些材料請到《辭典》中，不是為了獵奇，也不光是為了增強可讀性，而是通過還原歷史真相，回到歷史現場與昨日對話，以增加此書的歷史厚度和學術價值。筆者力圖將史料與史識相結合，可讀性與學術性相聯結。文字精簡誠然必要，但仍要確保內容的豐富與多姿，尤其是辭條的新穎和科學，釋義的完整和準確，及例證的充分和典型。

一位老友怕我太勞累，便勸我去出國旅行，在欣賞良辰美景時吟誦徐志摩的佳句：

你再不用想什麼了，你再沒有什麼可想的了。
你再不用開口了，你再沒有什麼話可說的了。

我聽後一笑置之。我不是又古又老的植物人，每天還騎著自行車奔走於書店與菜場之間，自信思維還像青年時一樣活躍。因我還有許多構想來不及寫出，還有醞釀多時的研究課題未破土動工。鑑於地圖上臺灣的形狀就像紅薯，人們常常用紅薯或蕃薯作為臺灣的代稱，因而我這些研究臺灣文學的書稿也可以說是「紅薯」，它正等著燒烤等著出爐等著上市等著叫賣。生產正忙的我不可能「沒有什麼話可說」，而現在最想說的是這顆新「紅薯」的製作中，曾得到某些朋友鼓勵與指點，特向彼岸出版各類工具書和提供豐富史料的《文訊》編輯部表示崇高的敬意和謝意！而「紅薯」上市——《臺灣當代文學辭典》與讀者見面之日，也是筆者接受檢驗心生惶恐之時，願聞兩岸同行的指教和讀者的批評，以便有機會再版時讓這顆新「紅薯」燒烤得更香甜、更誘人。

——載《博覽群書》二〇一〇年第五期

本書主要資料來源

尹雪曼主編《中華民國文藝史》 新北市 正中書局 一九七五年。
劉心皇編《當代中國新文學大系》〈史料與索引〉臺北市 天視出版公司 一九八一年。
《文訊》 一九八三～二〇一八年。
應鳳凰編著《一九八〇文學書目》 臺北市 大地出版社 一九八三年。
應鳳凰編著《一九八一文學書目》 臺北市 大地出版社 一九八四年。
應鳳凰等編《光復後臺灣地區文壇大事紀要》 臺北市 行政院文化建設委員會 一九八五年。
高天生著《臺灣小說與小說家》 臺北市 前衛出版社 一九八五年。
漁 父著《憤怒的雲》 臺北市 允晨文化公司 一九八六年。
應鳳凰編著《一九八四文學書目》 臺北市 大地出版社 一九八六年。
施敏輝編《臺灣意識論戰選集》 臺北市 前衛出版社 一九八八年。
陳芳明著《鞭傷之島》 臺北市 自立報系文化出版部 一九八九年。
徐迺翔主編《臺灣新文學辭典》 四川省 四川人民出版社 一九八九年。
葉洪生、王溢嘉等著《流行天下》 臺北市 時報文化出版公司 一九九二年。
古遠清著《臺灣當代文學理論批評史》 武漢市 武漢出版社 一九九四年。
林燿德〈小說迷宮中的政治回路——「八十年代臺灣政治小說」的內涵與相關課題〉 載於鄭明娳主編《臺灣當代政治文學論》 臺北市 時報文化出版公司 一九九四年。
古繼堂主編《臺港澳暨海外華文新詩大辭典》 遼寧省瀋陽出版社 一九九四年。

張　默編　《臺灣現代詩編目　一九四九～一九九五　修訂篇》　臺北市　爾雅出版社　一九九六年。

游勝冠著　《臺灣文學本土論的興起與發展》　臺北市　前衛出版社　一九九六年。

《臺灣文學年鑑》　臺北市　國立臺灣文學館　一九九六～二〇一六年。

瘂　弦主編　《眾神的花園》　新北市　聯經出版公司　一九九六年。

龔鵬程著　《臺灣文學在臺灣》　新北市　駱駝出版社　一九九七年。

焦　桐著　《臺灣文學的街頭運動》　臺北市　時報出版公司　一九九八年。

秦　牧等主編　《臺港澳暨海外華文文學大辭典》　廣州市　花城出版社　一九九八年。

陳信元主編　《光復後臺灣地區文壇大事紀要（一九九二～一九九五）》　臺北市　「行政院文化建設委員會」　一九九九年。

鍾肇政著　《鍾肇政隨筆集》（一至三）　桃園縣　桃園縣立文化中心　一九九九年。

秦慧珠著　《臺灣反共小說研究（一九四九～一九八九）》　臺北市　中國文化大學博士論文二〇〇〇年。

許琇禎著　《臺灣當代小說縱論》　臺北市　五南圖書公司　二〇〇一年。

陳明成著　《陳芳明現象及其國族認同研究》　臺南市　成功大學碩士論文　二〇〇二年六月。

馬　森著　《文學的魅惑》　臺北市　麥田出版公司　二〇〇二年。

呂正惠著　《殖民地的傷痕》　臺北市　人間出版社　二〇〇二年。

王文仁著　〈臺灣的「日本語文學」初探〉　《文訊》雜誌社　第七屆《青年文學會議論文集：臺灣文學的比較研究》　臺北市　《文訊》雜誌社　二〇〇三年。

應鳳凰著　《五〇年代臺灣文學》　高雄市　春暉

出版社　二〇〇四年。

臺灣師範大學人文教育研究中心　《臺灣文化事典》　臺北市　師大書苑公司　二〇〇四年。

龔鵬程著　《異議分子》　新北市　印刻文學生活雜誌出版公司　二〇〇四年。

應鳳凰著　《五〇年代臺灣文學論集》　高雄市　春暉出版社　二〇〇四年。

樊善標　〈戰場與戰略——余光中六十年代散文革新主張的一種詮釋〉　香港　《人文中國學報》　第一〇期　二〇〇四年。

《聯合報》〈副刊〉編　《臺灣新文學發展重大事件論文集》　臺南市　臺灣文學館　二〇〇四年。

古遠清著　《分裂的臺灣文學》　臺北市　海峽學術出版社　二〇〇五年。

黃建業主編　《跨世紀臺灣電影實錄　一八九八～二〇〇〇（中）》　臺北市　「國家電影資料館」　二〇〇五年。

古遠清著　《世紀末臺灣文學地圖》　新北市　揚智出版公司　二〇〇五年。

高永謀著　《臺灣正名　一〇〇》　臺北市　玉山出版公司　二〇〇五年。

陳映真主編　《二·二八文學和歷史》　臺北市　人間出版社　二〇〇六年。

應鳳凰著　《五〇年代文學出版顯影》　臺北縣　臺北縣文化局二〇〇六年。

彭瑞金主編　《高雄文學小百科》　高雄市　高雄市　文化局　二〇〇六年。

尹雪曼著　《文藝三三事》　臺北市　楷達文化公司二〇〇六年。

陳大為等主編　《二〇世紀臺灣文學專題：文學思潮與論戰》　臺北市　萬卷樓圖書公司　二〇〇六年。

陳志瑋著　《戰後初期臺灣的語文政策與意識形構（一九四五年八月一五日～一九四三年十二月七日）》　臺北市　臺北教育大學臺灣文學研究所碩士論文　二〇〇六年六月。

張瑞芬著　《狩獵月光——當代文學及散文論評》　臺北市　聯合文學出版社　二〇〇七年。

張瑞芬著　《胡蘭成、朱天文與「三三」——臺灣當代文學論集》　臺北市　秀威科技公司　二〇〇七年。

張瑞芬著　《臺灣當代女性散文史論》　臺北市　麥田出版公司　二〇〇七年。

胡金倫主編　《臺灣小說史論》　臺北市　麥田出版公司　二〇〇七年。

陳政彥著　《戰後臺灣現代詩論戰史研究》　桃園市　中央大學博士論文　二〇〇七年。

陳維信著　〈新臺灣寫實主義的誕生：二十一屆聯合小說新人獎決審記事〉　《聯合文學》　二〇〇七年十一月號。

黃慧鳳著　《臺灣勞工文學》　臺北縣　稻鄉出版社　二〇〇七年。

王德威著　《後遺民寫作》　臺北市　麥田出版公司　二〇〇七年。

陳瀅州著　《七〇年代以降現代詩論戰之話語運作》　臺南市　臺南市　市立圖書館　二〇〇八年。

古遠清著　《臺灣當代新詩史》　臺北市　文津出版社　二〇〇八年。

黃文成著　《關不住的繆思——臺灣監獄文學縱橫論》　臺北市　秀威科技公司二〇〇八年。

封德屏主編　《二〇〇七臺灣作家作品目錄》　臺南市　臺灣文學館　二〇〇八年。

《文訊》雜誌社編　《〈文訊〉二十五週年總目》　臺北市　文訊雜誌社　二〇〇八年。

郝譽翔著　《大虛構時代》　臺北市　聯合文學出版社　二〇〇八年。

沙淑芬主編　《後解嚴的臺灣文學》　臺北縣　聯經出版公司　二〇〇八年。

向　陽著　《起造文化家園》　臺北市　前衛出版社　二〇〇八年。

封德屏主編　《臺灣人文出版社三十家》　臺北市

文訊雜誌社　二〇〇八年。

許維賢等著　《臺灣現當代文學媒介研究》　臺北市　文訊雜誌社　二〇〇八年。

董健等主編　《中國當代戲劇史稿》　北京市　中國戲劇出版社　二〇〇八年。

王鼎鈞著　《文學江湖》　臺北市　爾雅出版社　二〇〇九年。

齊邦媛著　《巨流河》　臺北市　天下遠見出版公司　二〇〇九年。

須文蔚著　《臺灣文學傳播論》　臺北縣　二魚文化公司　二〇〇九年。

隱　地著　《遺忘與備忘》　臺北市　爾雅出版社　二〇〇九年。

吳錦勳著　《臺灣，請聽我說——壓抑的、裂變的、再生的六十年》　臺北市　天下遠見出版公司　二〇〇九年。

戚嘉林著　《臺灣六十年》　臺北市　海峽學術出版社　二〇〇九年。

季　季等編　《紙上風雲高信疆》　臺北市　大塊文化出版公司　二〇〇九年。

劉小新著　《闡釋的焦慮》　福州市　福建人民出版社　二〇一〇年。

張　默等編　《文協六十年實錄》　臺北市　「中國文藝協會」　二〇一〇年。

呂正惠著　《戰後臺灣文學經驗》　北京市　三聯書店　二〇一〇年。

簡弘毅主編　《臺灣文學精彩一百》　臺南市　臺灣文學館　二〇一一年。

陳明成著　《陳映真現象——關於陳映真的家族書寫及其國族認同》　臺北市　前衛出版社　二〇一三年。

鍾希明著　《公共場域的知識分子寫作——龍應台文化現象研究》　上海市　上海三聯書店　二〇一三年。

彭瑞金等著　《臺灣文學史小事典》　臺南市　臺灣文學館　二〇一四年十一月。

社　二〇一七年。

隱　地著　《大人走了，小孩老了》　臺北市　爾雅出版社　二〇一九年。

《臺灣現當代作家研究資料彙編》　多冊　臺南市　臺灣文學館　二〇一一年、二〇一二年、二〇一四年。

謝建華著　《臺灣電影與大陸電影關係》　北京市　人民文學出版社　二〇一四年十月。

隱　地著　《出版圈圈夢》　臺北市　爾雅出版社　二〇一四年。

隱　地著　《清晨的人》　臺北市　爾雅出版社　二〇一五年。

游勝冠主編　《冷戰中的臺港文藝》　臺北市　里仁書局　二〇一六年。

隱　地著　《回到五〇年代》　臺北市　爾雅出版社　二〇一六年。

隱　地著　《回到六〇年代》　臺北市　爾雅出版社　二〇一七年。

隱　地著　《回到七〇年代》　臺北市　爾雅出版社二〇一六年。

隱　地著　《回到九〇年代》　臺北市　爾雅出版

附錄一
大陸出版臺灣文學史書目

王晉民著　《臺灣當代文學》　南寧市　廣西人民出版社　一九八六年。

黃重添、莊明萱、闕豐齡著　《臺灣新文學概觀》（上）　廈門市　鷺江出版社　一九八六年。

白少帆、王玉斌、張恆春、武治純主編　《現代臺灣文學史》　瀋陽市　遼寧大學出版社　一九八七年。

包恆新著　《臺灣現代文學簡述》　上海市　上海社會科學院出版社　一九八八年。

張毓茂主編　《二十世紀中國兩岸文學史》　瀋陽市　遼寧大學出版社　一九八八年。

古繼堂著　《臺灣新詩發展史》　北京市　人民文學出版社　一九八九年；臺北市　文史哲出版社　一九九七年增訂再版。

古繼堂著　《臺灣小說發展史》　瀋陽市　春風文藝出版社、遼寧教育出版社　一九八九年；臺北市　文史哲出版社　一九八九年。

公仲、汪義生著　《臺灣新文學史初編》　南昌市　江西人民出版社　一九八九年。

于寒、金宗洙著　《臺灣新文學七十年》（上、下）　延吉市　延邊大學出版社　一九九〇年。

黃重添、徐學、朱雙一著　《臺灣新文學概觀》（下）　廈門市　鷺江出版社　一九九一年。

古繼堂著　《臺灣新文學理論批評史》　瀋陽市　春風文藝出版社　一九九三年；臺北市　秀威科技出版公司　二〇〇八年。

古遠清著　《臺灣當代文學理論批評史》　武漢市　武漢出版社　一九九四年。

張　民著　《臺灣文學概說》　瀋陽市　春風文藝出版社　一九九四年。

王晉民主編　《臺灣當代文學史》　南寧市　廣西人民出版社、廣西教育出版社　一九九四年。

劉燈翰、莊明萱、黃重添、林承璜主編　《臺灣文學史》（上、下）　福州市　海峽文藝出版社　一九九一、一九九三年。

呂正惠（臺灣）、趙遐秋主編　《臺灣新文學思潮史綱》　北京市　崑崙出版社二〇〇二年。

古繼堂主編　《簡明臺灣文學史》　北京市　時事出版社　二〇〇三年。

陸卓寧主編、苗軍副主編　《二十世紀臺灣文學史略》　北京市　民族出版社　二〇〇六年。

李穆南、郄智毅、劉金玲主編　《中國臺灣文學史》　北京市　中國環境科學出版社　二〇〇六年。

李詮林著　《臺灣現代文學史稿》　福州市　海峽文藝出版社　二〇〇七年。

古遠清著　《臺灣當代新詩史》　臺北市　文津出版社　二〇〇八年。

古遠清著　《海峽兩岸文學關係史》　福州市　福建人民出版社　二〇一〇年。

朱雙一著　《臺灣文學創作思潮簡史》　北京市　九州出版社　二〇一〇年。

張清芳、陳愛強著　《臺灣當代散文藝術流變史》　北京市　人民出版社　二〇一〇年。

黃萬華著　《多源多流，雙甲子臺灣文學（史）》　廣州市　花城出版社　二〇一四年。

古遠清著　戰後臺灣文學理論史（全四冊）　臺北市　萬卷樓圖書公司　二〇二一年。

古遠清著　臺灣查禁文藝書刊史　臺北市　萬卷樓圖書公司　二〇二一年。

古遠清著　臺灣文學焦點話題（上、下冊）　臺北市　萬卷樓圖書公司　二〇二一年。

古遠清著　臺灣文學學科入門　臺北市　萬卷樓圖書公司　二〇二一年。

古遠清著　臺灣百年文學制度史　臺北市　萬卷樓圖書公司　二〇二一年。

古遠清著　微型臺灣文學史　臺北市　萬卷樓圖書公司　二〇二一年

古遠清著　臺灣百年文學期刊史　臺北市　萬卷樓圖書公司　二〇二二年。

古遠清著　臺灣百年文學出版史　臺北市　萬卷樓圖書公司　二〇二二年。

古遠清著　《臺灣百年文學紛爭史》（上、下冊）　臺北市　萬卷樓圖書公司　二〇二二年。

古遠清著　《臺灣當代文學辭典》（全四冊）　臺北市　萬卷樓圖書公司　二〇二二年。

附錄二
臺灣文學研究專家小傳

說明

一、入選標準爲出版過或參與撰寫過重要的臺灣文學研究著作，具有副教授以上職稱，且有影響者。

二、以研究大陸文學著稱，但不以臺灣文學研究爲主業者，不在此列。

三、非臺灣文學研究著作一般不作記載。

四、以生年爲序。

王景山（一九二四～　），山東濟寧人，首都師範大學中文系教授，主編《臺港澳海外華文作家辭典》。

馬德俊（一九三六～二〇一〇），四川成都人，中國人民大學教授，主編《當代臺灣文學名著賞析》，參與撰寫《現代臺灣文學史》。

流沙河（一九三一～二〇一九），四川金堂人，一九四九年入四川大學農業化學系，一九五七年任《星星》詩刊編輯。出版有《臺灣詩人十二家》、《臺灣中年詩人十二家》、《隔海說詩》、《余光中一百首》。

徐迺翔（一九三一～二〇一八），浙江紹興人。一九六〇年畢業於上海復旦大學中文系，任中國社會科學院文學研究所研究員，主編《臺灣新文學辭典》。

林承璜（一九三一～二〇〇七），福建閩侯人。一九六〇年結業於福建省委黨校新聞大專班。歷任海峽文藝出版社臺港文學編輯室主任、《海峽》雜誌常務副主編、編審。著有評論集《臺灣香港文學評論集》、《世界華文文學解讀》，參與主編《臺灣文學史》。

陳　遼（一九三一～二〇一五），江蘇海門人。一九四五年肄業於海門高中，曾任江蘇省社科院研究員。著有《月是故鄉明》（與劉紅林、曹明合著），主編《臺港澳海外華文文學辭典》、《一八九八～一九九九百年中華文學史論》。

田本相（一九三二～二〇一九），天津人。一九六一年於南開大學中文系畢業，先後任中央戲劇學院戲劇文學系教授、中國藝術研究院話劇研究所所長，著有《臺灣現代戲劇概況》。

王淑秧（一九三二～二〇〇〇），女，陝西富平人。一九五八年畢業於遼寧大學中國語言文學系。曾任中國社會科學院文學研究所理論室研究員，著有《海峽兩岸小說論評》。

秦家琪（一九三二～一九九五），女，江蘇崑山人，歷任南京師範大學教授、《臺港與海外華文文學評論和研究》（後更名為《世界華文文學論壇》）副主編，與吳周文合著《郭楓散文論》。

莊明萱（一九三二～二〇〇九），福建惠安人。畢業於廈門大學中文系，曾任廈門大學海外教育學院院長、教授，參與主編《臺灣文學史》、《臺灣新文學辭典》，參與撰寫《臺灣新文學概觀》（上），選編《臺灣作家創作談》、《臺灣中篇小說選》一至四集。

張　超（一九三三～一九九一），江蘇宜興人，一九六〇年畢業於復旦大學中文系，後為南京某中學教師，出版有《臺港澳及海外華文作家詞典》（主編）、《臺灣港澳海外華文文學辭典》（副主編）。

陸士清（一九三三～　），江蘇張家港人。一九六○年畢業於復旦大學中文系，現為該校教授，任中國世界華文文學學會名譽副會長。出版有論文集《臺灣文學新論》、《探索文學星空》、《血脈情緣》、《筆韻》、《品世紀精彩》，另主編《臺灣小說選講》（上、下），《臺灣小說選講新編》，與人合著《三毛傳》。

汪景壽（一九三三～二○○六），河北人。一九六一畢業於北京大學中文系，為該校教授。著有《臺灣小說作家論》（上、下冊）、《臺灣文學的民族傳統》，與人合作《臺灣香港文學研究述論》、《愛的秘圖——杜國清情詩論》、《殉美的旅人——杜國清論》。

翁光宇（一九三三～　），江西人，生於湖北。一九六○年畢業於中山大學中文系，為暨南大學中文系中國現當代文學教研室主任、副教授。出版有《臺灣新詩選析》、《臺港文學導論》（合作），另編有《席慕蓉抒情散文精選》。

周偉民（一九三三～　），廣東開平人。一九五七年畢業於廣州中山大學，海南大學文學院教授，出版有《日月的雙軌——羅門、蓉子的創作世界》（與唐玲玲合著）。

陳公重（一九三四～　），筆名公仲，江西永新人。一九五六年畢業於江西教育學院，現為南昌大學教授、中國小說學會副會長。出版有《離散與文學》，與人合著《臺灣新文學史初編》，主編《走向新世紀》、《世界華文文學概要》等著作。

梁若梅（一九三四～　），女，廣東高要人。一九六○年畢業於北京師範學院中文系，廣東社科院文學研究所研究員。著有《陳若曦創作論》，參與《當代臺灣文學史》的部分撰稿，主編《海外華文文學大系》散文卷。

古繼堂（一九三四～），河南修武人。一九六四年畢業於武漢大學中文系，為中國社會科學院文學研究所研究員，現移居加拿大。出版有《臺灣新詩發展史》、《臺灣小說發展史》、《臺灣新文學理論批評史》、《臺灣青年詩人論》、《臺灣愛情文學論》、《靜聽那心底的旋律——臺灣文學論》、《柔美的愛情——臺灣女詩人十四家》、《評說三毛》、《柏楊傳》、《臺灣文學的母體依戀》、《臺灣文學與中華傳統文化》，另主編《臺港澳暨海外華文新詩大辭典》、《簡明臺灣文學史》。

王晉民（一九三五～二〇〇八），廣東興寧人。畢業於中山大學中文系，為該校教授，曾任中國「世界華文文學學會」顧問。出版有《臺灣當代文學》、《白先勇傳》、《多元化的文學思潮》，與人合著《臺灣與海外華人作家小傳》，主編《臺灣當代文學史》、《臺灣文學家辭典》。

趙遐秋（一九三五～），女，浙江紹興人。一九六一年畢業於北京大學中文系，曾任中國作家協會臺港澳暨海外華文文學聯絡委員會副主任，現為中國人民大學中文系教授。著有《生命的思索與吶喊——陳映真的小說氣象》、《十論謝霜天》、《「文學臺獨」面面觀》（與曾慶瑞合作）、《曾慶瑞趙遐秋文集》（十八卷），主編《臺灣鄉土文學八大家》、《文學「臺獨」批判》、《臺灣新文學思潮史綱》、《映真，我們懷念你》。

董大中（一九三五～？），山西萬榮人。歷任《批評家》主編、中國趙樹理研究會會長，文學創作一級。著有《李敖這個人》、《臺灣狂人李敖》、《李敖評傳》。

王常新（一九三五～），河南滑縣人，畢業於華中師範學院中文系，現為華中師範大學副教授。著有《臺港詩人作品透視》、《臺港詩歌評論集》，合著《臺港文學教程》。

袁良駿（一九三六～二〇一六），山東魚台人。一九六一年畢業於北京大學中文系。曾任中國社會科學院文學研究所研究員、博士生導師。出版有《白先勇論》、《白先勇小說藝術論》。

于　寒（一九三六～二〇〇一），黑龍江雙城人，滿族。東北師範大學中文系畢業，曾任延邊大學中文系主任，合著《臺灣新文學七十年》。

劉登翰（一九三七～　），福建廈門人。一九六一年畢業於北京大學中文系，曾任福建師範大學中文系及華僑大學中文系兼職教授、博士生導師，現為福建社會科學院文學研究所研究員。出版有《臺灣文學隔海觀》、《文學薪火的傳承與變異》、《中華文化與閩臺社會》、《華文文學的大同世界》、《跨域的建構》、《遙望那樹繽紛：臺灣文學漫論》、《跨域與越界》，與人合作《彼岸的繆斯》，主編《臺灣文學史》等。

湯淑敏（一九三七～　），女，江蘇揚州人。一九六二年畢業於南京大學中文系，現為江蘇社科院文學研究所研究員，曾參與創辦並任《世界華文文學論壇》雜誌副主編。出版有《海外文壇星辰》、《三毛傳》、《陳若曦：自願背十字架的人》。

李獻文（一九三七～　），女，廣東梅縣人。中山大學中文系畢業，中國傳媒大學影視藝術學院教授，著有《港澳臺電視論》、《臺灣電視文藝縱覽》，參與編寫《現代臺灣文學史》、《臺灣新文學辭典》。

曾慶端（一九三七～　），湖北武漢人，北京大學中文系畢業，中國傳媒大學影視藝術學院教授。著有《聶華苓評傳》，與他人合著

《「文學臺獨」面面觀》、《臺灣新文學思潮史綱》。

武治純（一九三七～二〇〇三），北京人，北京大學中文系畢業，曾任中央人民廣播電臺編審。著有《壓不扁的玫瑰花——臺灣鄉土文學初探》，參加主編並撰寫《現代臺灣文學史》，《臺灣新文學辭典》（任編委），所選編、選薦出版發行的臺灣文學作品集共二十多集，六百多萬字，主要有：《臺灣小說選》、《吳濁流小說選》、《臺灣中青年作家小說集》、《汪洋中的一條船》、《楊逵作品選》、《鍾理和作品選》、《臺灣人三部曲》。

張默芸（一九三七～二〇一四），女，湖南祁東人，武漢大學中文系畢業，曾任福建社會科學院文學研究所研究員，出版有《鄉戀·哲理·親情》，參與《二十世紀中國著名女作家傳》中琦君傳、林海音傳、三毛傳等撰寫工作，編有《三毛作品選》、《臺灣愛情小說選》、《曾心儀小說選》、《林海音作品選》。

李元洛（一九三七～ ），湖南長沙人。一九六〇年畢業於北京師範大學中文系。現為湖南省作協名譽主席、研究員，出版有《寫給繆斯的情書——臺港與海外新詩欣賞》、《當代湖南文藝評論家選集 李元洛卷》。

趙 朕（一九三八～ ），河北唐山人。大學文化學士，退休前為《唐山師院學報》常務副主編、編審，出版專著《臺灣與大陸小說比較論》，參與編寫《臺灣散文鑑賞辭典》。

封祖盛（一九三八～一九九七），原籍廣西，生於泰國。畢業於中山大學中文系，曾任深圳大學圖書館負責人。出版有《臺灣小說主要流派初探》、《臺灣現代派小說評析》，另編有《臺灣中篇小說選：波茨坦科長》、《當代新儒家》。

寇立光（一九三九～　），江蘇徐州人。一九六〇年畢業於蘭州大學中文系，現為江蘇師範大學教授，出版有《臺灣香港電影名片欣賞》。

杜元明（一九三九～　），廣東普寧人。一九六四年畢業於南開大學中文系，一九八一年畢業於中國社科院研究生院。中國人民公安大學教授，著有《八十年代臺港文學新潮選萃》、《臺灣名家散文選評》、《臺灣散文名作賞析》，並與人合作《現代臺灣文學史》、《臺灣新文學辭典》。

楊匡漢（一九四〇～　），上海寶山人，一九六一年畢業於中國人民大學新聞系。現任中國社科院文學所研究員、博士生導師，中國世界華文文學學會監事長。出版有《玉樹臨風》，主編《揚子江與阿里山的對話》、《中國文化中的臺灣文學》。

黃重添（一九四一～一九九二），福建南安人。一九六四年畢業於華東師範大學中文系，曾任廈門大學臺灣研究院副教授、《臺灣研究集刊》副主編。出版有《臺灣當代小說藝術采光》、《臺灣長篇小說論》，合作撰寫《臺灣作家創作談》、《臺灣新文學概觀》、《臺灣新文學辭典》、《臺灣百部小說大展》、《臺灣文學史》。

白少帆（一九四一～　），臺灣臺北人。一九六三年畢業於臺灣大學，歷任臺灣大學副教授、中央民族大學教授，參與主編《現代臺灣文學史》以及《臺灣文學思潮史》、《臺港文學名作佳構賞析叢書》（八冊）。

龍彼德（一九四一～　），湖南沅陵人。一九六四年畢業於南開大學中文系，曾任浙江省文聯文藝研究室主任、編審。出版有《洛夫評傳》、《一代詩魔洛夫》、《瘂弦評傳》、《洛夫傳奇》。

白舒榮（一九四一～　），女，山西人。一九六四年畢業於北京大學中文系。曾任《世界華文文學》雜誌社社長兼執行主編、中國作家協會臺港澳海外華文文學聯絡委員會委員。出版有《自我完成 自我挑戰——施叔青評傳》、《以筆為劍書青史》、《回眸》、《海上明月共潮生》、《尋美的旅人》（合著）、《華英繽紛》。

陶保璽（一九四一～），安徽淮南人。一九六五年畢業於合肥師範學院中文系。曾任淮南師專教授，著有《臺灣新詩十家論》。

古遠清（一九四一～二〇二二），廣東梅縣人。一九六四年畢業於武漢大學中文系，現為中南財經政法大學中文系教授。出版有《臺灣當代文學理論批評史》、《臺灣當代新詩史》、《海峽兩岸文學關係史》、《世紀末臺灣文學地圖》、《當今臺灣文學風貌》、《分裂的臺灣文學》、《余光中：詩書人生》、《臺港澳文壇風景線》、《幾度飄零——大陸去臺文人沉浮錄》、《古遠清文藝爭鳴集》、《消逝的文學風華》、《兩岸四地文壇現場》、《從陸臺港到世界華文文學》、《當代臺港文學概論》、《世界華文文學概論》、《世界華文文學學科史》、《臺灣文壇的「實況轉播」》、《臺灣新世紀文學史》、《耕耘在華文文學田野》、《華文文學研究的前沿問題》、《中外粵籍文學批評史》、《藍綠文壇的前世今生》、《余光中傳》、《戰後臺灣文學理論史》（全四冊）、《臺灣查禁文藝書刊史》、《臺灣文學焦點話題》（上、下冊）、《臺灣文學學科入門》、《臺灣百年文學制度史》、《臺灣百年文學報刊史》、《微型臺灣文學史》、《臺灣百年文學期刊史》、《臺灣百年文學出版史》、《臺灣百年文學紛爭史》（上、下冊）、《臺灣當代文學辭典》（全四冊），編著《看你的名字繁卉：蓉子詩賞析》、《臺港朦朧詩賞析》、《臺港現代詩賞析》、《海峽兩岸朦朧詩品賞》、《余光中評說五十年》、《世界華文文學新學科論文選》。

江少川（一九四一～　），湖北武漢人。畢業於華中師範大學中文系，現為武昌首義學院教授。出版有《臺港澳文學論稿》、《臺港澳文學作品選評》，參與主編《臺港文學教程》、《臺港澳暨海外華文文學教程》、《解讀八面人生——評高陽歷史小說》、《海外湖北作家小說研究》。

吳周文（一九四一～二〇二二），江蘇如東人。一九六四年畢業於江蘇揚州師院，現為揚州大學中文系教授，著有《郭楓散文論》（合作）。

王宗法（一九四二～　），安徽繁昌人。一九六六年畢業於合肥師範學院，現為安徽大學中文系教授。出版有《臺港文學觀察》、《昨夜星辰昨夜風》，與人合作《愛的秘園》、《當代臺港文學名作賞析》、《臺港澳文學作品精選》。

丘鑄昌（一九四二～二〇一九），廣東蕉嶺人，曾任華中師範大學教授，出版有《臺灣近代三大詩人評傳》、《丘逢甲評傳》。

曹惠民（一九四六～　），江蘇南通人。一九六九年畢業於北京師範大學中文系，現為蘇州大學中文系教授、博士生導師，兼任中國世界華文文學學會副會長。出版有《他者的聲音》、《出走的夏娃～一位大陸學人的臺灣文學觀》、《邊緣的尋覓》、《臺灣文學研究三十五年（一九七九～二〇一三）》（與司方維合作），主編《一八九八～一九九九百年中華文學史論》、《臺港澳文學教程新編》。

雷　銳（一九四七～　），廣西南寧人，現為廣西師範大學教授，與人合作編著《余光中幽默散文賞析》、《柏楊幽默散文賞析》、《三毛幽默散文賞析》、《李敖幽默散文賞析》。

欽　鴻（一九四七～二〇一五），原名欽志衍，祖籍浙江長興，生於上海，曾任南通市社科聯《江海縱橫》雜誌執行副主編，參與編寫《臺港澳海外華人作家辭典》。

王震亞（一九四八～　），上海人，畢業於北京師範學院中文系，現為首都師範大學中文系副教授，出版有《臺灣小說二十家》、《臺港暨北美華文小說概要》。

黃萬華（一九四八～　），浙江上虞人，現為山東大學文學院教授、博士生導師。著有《文化轉換中的世界華文文學》、《中國和海外：二十世紀漢語文學史》、《跨越一九四九：戰後中國大陸、臺灣、香港文學轉型研究》、《多源多流：隻甲子臺灣文學（史）》等專著多種，主編《美國華文文學論》等多種。

陳子善（一九四八～　），上海人，曾任華東師範大學圖書館副館長，現為《現代中文學刊》主編、博士生導師。編著有《臺靜農散文集》、《臺靜農佚文集》、《回憶梁實秋》、《回憶臺靜農》、《未能忘情——臺港暨海外學者散文》、《林語堂書話》、《西瀅文錄》、《龍坡論學集》、《夏濟安選集》等。

陳仲義（一九四八～　），福建廈門人。一九八四年畢業於廈門職工大學中文系，現為廈門城市學院中文系教授。出版有《臺灣詩歌藝術六十種》、《扇形的展開》、《從投射到拼貼》等。

章亞昕（一九四九～　），山東人。一九八三年獲山東大學文學碩士學位，現為山東大學教授。出版有《臺灣現代詩歌賞析》（合作）、《情繫伊甸園——創世紀詩人論》、《隱地論——時光中的舞者》、《二十世紀臺灣詩歌史》。

汪毅夫（一九五〇～），臺灣臺南人，福建師範大學中文系文學碩士，現為福建師範大學兼職教授。出版有《臺灣近代文學叢稿》、《臺灣近代詩人在福建》、《臺灣文學史：近代文學編》、《臺灣社會與文化》等。

汪義生（一九五一～），上海人，上饒師專中文系畢業，現任上海龍脈華僑華人研究所研究員，與人合著《臺灣新文學史初編》。

沈　奇（一九五一～），陝西人。畢業於陝西工商學院經濟學專業，現為西安財經學院漢語言文學教授，出版有《臺灣詩人散論》、《拒絕與再造——兩岸現代漢詩論評》、《沈奇詩學論集》（三卷），編選《臺灣詩論精華》、《九十年代臺灣詩選》。

陶德宗（一九五一～），重慶市奉節人。重慶三峽學院教授兼重慶信息技術職業學院副院長，出版有《百年中華文學中的臺港文學》。

章方松（一九五二～），浙江溫州人，曾任溫州市龍灣區文聯主席，著有《琦君的文學世界》、《琦君與故鄉溫州》。

朱雙一（一九五二～），原名朱二一，福建泉州人。廈門大學中文系文學碩士，現為該校臺灣研究院教授、博士生導師。出版有《彼岸的繆斯——臺灣詩歌論》（與劉登翰合作）、《近二十年臺灣文學流脈》、《戰後臺灣新世代文學論》、《閩臺文學的文化親緣》、《臺灣文學思潮與淵源》、《海峽兩岸新文學思潮的淵源和比較》（與張羽合著）、《臺灣文學與中華地域文化》、《百年臺灣文學散點透視》、《臺灣文學創作思潮簡史》、《穿行臺灣文學兩甲子》，參與編撰《臺灣文學史》、《臺灣新文學概觀》、《臺灣百部小說大展》等。

李秀珊（一九五二～），女，河北昌黎人，北京師範大學碩士，曾任《詩潮》雜誌社總編，出版專著《臺灣新詩與東西方文化精神》。

倪金華（一九五三～），福建莆田人。一九八二年畢業於福建師範大學中文系。著有《臺港散文新觀察》、《日本的臺灣文學研究》等，並有省級課題《日本的臺灣文學研究》。

徐　學（一九五四～），祖籍安徽合肥，生於廣州。一九八一年畢業於廈門大學中文系，文學碩士。現任廈門大學臺灣文學研究院副教授。出版有《隔海說文》、《臺灣當代散文綜論》、《火中龍吟，余光中評傳》、《當代臺灣文學與中華傳統文化》、《悅讀臺北女》、《余光中傳》，編輯《臺灣幽默散文選》等。

何錦山（一九五四～），河南固始人，畢業於福建師範大學中文系，現為福建廣播電視大學閩臺文化研究所教授，出版有《閩臺文學論》。

彭耀春（一九五四～），江蘇人，南京大學博士，江蘇公安警官學院教授，出版有《臺灣當代戲劇論》。

朱育穎（一九五五～），安徽臨泉人，畢業於阜陽師範學院中文系，現為豪州學院教授，出版有《眺望家園——赴台皖籍作家論稿》。

劉紅林（一九五五～），女，祖籍膠東半島，生於北京。南京師範大學文學碩士，曾任《世界華文文學論壇》主編。出版有《日據時期臺灣新文學風貌》、《臺灣女性主義文學新論》、《臺灣新文學之父——賴和》、《因為世間有愛——簡宛評傳》，合著《百年中華文學史論》、《月是故鄉明——臺灣大陸籍作家研究》等。

陸卓寧（一九五六～），女，廣西南寧人。一九八四年畢業於廣西大學中文系，現為廣西民族大學文學院教授，兼任中國世界華文文學學會副會長。出版有《海峽兩岸文學——同構的視域》，主編《二十世紀臺灣文學史略》、《和而不同——第十五屆世界華文文學國際學術研討會論文集》。

樊洛平（一九五六～），河南洛陽人。一九八二年畢業於鄭州大學中文系，現為黃河科技學院臺灣文化研究中心主任，鄭州大學二級教授兼客家文化與華文文學研究所所長。出版有《臺灣女作家的大陸衝擊波》、《當代臺灣女性小說史論》、《臺灣小小說百家精品》、《冰山底下綻放白玫瑰——楊逵和他的文學世界》，合著《臺灣新文學思潮史綱》、《簡明臺灣文學史》、《臺港澳文學教程》。

田銳生（一九五八～），河南項城人，現任河南大學文學院副教授，碩士生導師，出版有《臺港文學主流》。

田建民（一九五八～），河北深縣人。河北大學畢業，現對該校文學院教授，出版有《張我軍評傳》。

莊若江（一九五八～），女，江蘇常州人，畢業於南京師範大學。任江南大學文學院教授、江南文化與影視研究中心主任，出版有《臺灣女作家散文論稿》（合作）。

黎湘萍（一九五八～），廣西人。一九八一年大學畢業，後獲文學博士，歷任中國社會科學院文學研究所研究員、《文學評論》副主編。出版有《臺灣的憂鬱》、《文學臺灣》、《從邊緣返回中心》，合著《臺灣地區文學透視》、《揚子江與阿里山的對話》，與李娜合編《事件與翻譯——東亞視野中的臺灣文學》。

計壁端（一九六一～），女，上海人，生於北京，畢業於北京大學中文系，後獲博士學位，現為北京大學中文系教授，出版有《臺灣文學論稿》、《被殖民者的精神印記——殖民地臺灣新文學論》。

趙小琪（一九六二～　），湖南邵陽人。畢業於湖南師範大學、蘇州大學、武漢大學，現為武漢大學教授、博士生導師。出版有《臺灣現代詩與西方現代主義》，主編《二十世紀中國現代主義詩學》、《當代中國臺港澳小說在內地的傳播與接受》、《臺港名家名作選讀》、《世界華文文學經典欣賞》。

鍾希明（一九六二～　），女，福建安溪人。現為福州職業技術學院教授，文學博士。出版有《公共場域的知識分子寫作——龍應台文化現象研究》。

王金城（一九六三～　），黑龍江呼蘭人。畢業於牡丹江師範學院中文系，後獲北京師範大學博士學位，現為福建閩江學院中文系教授。出版有《守望家園：大陸與臺灣文學論》、《臺灣新世代詩歌研究》，另與人合作主編《中國當代文學編年史》港澳臺文學部分。

鄒建軍（一九六三～　），又名鄒岳奇，四川威遠人。畢業於四川大學中文系，現任華中師範大學文學院比較文學與世界文學學科教授，出版有《臺港現代詩論十二家》，與羅義華等合著《李魁賢詩歌藝術通論》。

周玉寧（一九六四～　），女，江蘇南京人。本科畢業於蘇州大學，碩士畢業於北京師範大學，現為《文藝報》編審，出版有《林海音評傳》。

方　忠（一九六四～　），江蘇南通人。蘇州大學博士，南京大學博士後，現為江蘇師範大學教授，博士生導師，出版有《臺港散文四十家》、《臺灣通俗文學論稿》、《二十世紀臺灣文學史論》、《臺灣散文縱橫論》，主編《多元文化與臺灣當代文學》、《臺灣當代文學與五四新文學傳統》。

劉　俊（一九六四～　），江蘇南京人。一九八六年畢業於蘇州大學，現為南京大學中文系教授、博士生導師。出版有《悲憫情懷——白先勇評傳》、《白先勇傳》、《從臺港到海外——跨區域華文文學的多元審視》、《世界華文文學整體觀》、《複合互滲的世界華文文學》、《歷史·記憶·語系》等。

趙稀方（一九六四年～　），安徽蕪湖人。中國社會科學院文學所研究員。一九九八年獲中國社會科學院文學博士學位，出版有《後殖民理論與臺灣文學》《歷史與理論》等著作。

陳國君（一九六四～　），甘肅武威人。畢業於河西學院，後為南開大學博士後，現任陝西師範大學教授，出版有《從鄉愁言說到性別抗爭——臺灣當代女性散文創作論》。

石一寧（一九六四～　），廣西上林人。中山大學中文系畢業，曾任《民族文學》雜誌社主編、編審，著有《吳濁流：面對新語境》（臺灣繁體字版名為《真實的追問》）。

劉小新（一九六五～　），福建政和人。一九八六年畢業於華東師範大學中文系，後獲博士學位。歷任華僑大學中文系副教授、福建社會科學院研究員和文學研究所所長、副院長。出版專著《闡釋的焦慮：當代臺灣理論思潮解讀（一九八七—二〇〇七）》、《華文文學與文化政治》、《近二十年臺灣文學創作與文藝思潮》（合作）、《對話與闡釋》、《現代性與臺灣當代文論》（合作）、《他的天空博大恢宏——劉登翰教授學術志業六十年研討會文集》（主編）。

費　勇（一九六五～　），浙江湖州人。一九八〇年入讀大學，後獲博士學位。歷任暨南大學中文系教授、博士生導師，廣州電視臺副臺長。出版有《洛夫與中國現代詩》、《本土以外——論邊緣的現代漢語文學》（與饒芃子合作）。

朱立立（一九六五～），女，安徽安慶人。一九八六年畢業於南京大學中文系，二〇〇二年獲福建師大博士，現為福建師範大學教授、博士生導師。出版有《知識人的精神私史：臺灣現代派小說的一種解讀》、《身份認同與華文文學研究》、《近二十年臺灣文學創作與文藝思潮》（合作）、《臺灣現代派小說研究》等。

梁笑梅（一九六七～），女，生於重慶，蘇州大學文學博士，先後在四川外語學院、西南大學任教，為教授。出版專著《壯麗的歌者，余光中詩藝研究》，另主編《二十世紀中國現代詩學手冊》、《余光中對話集：凡我在處，就是中國》、《人余光中講演集：藍墨水的上游是汨羅江》等。

袁勇麟（一九六七～），福建柘榮人。蘇州大學文學博士，復旦大學新聞博士後，現為福建師範大學教授、博士生導師，兼任福建省臺港澳暨海外華文文學研究會會長。出版論著《二十世紀中國雜文史》（下）、《當代漢語散文流變論》、《華文文學的言說疆域》，另與人合作主編《中國當代文學編年史》港澳臺文學部分。

李瑛（一九六七～），女，雲南墨江人，畢業於西南大學中文系，中央民族大學博士，現為雲南民族大學教授，出版有《臺灣少數民族作家文學論》。

白楊（一九六七～），女，吉林長春人，暨南大學文學院教授、博士生導師。二〇〇五年獲中國現當代文學專業博士學位，二〇〇七年至二〇一〇年期間在復旦大學中文系從事博士後課題研究。著有《臺港文學：文化生態與寫作範式考察》、《穿越時間之河——臺灣「創世紀」詩社研究》。

楊四平（一九六八～），安徽宿松人，上海外語師範大學教授，著有《中國新即物主義代表詩人李魁賢》、《九論詩人文曉村》。

張重崗（一九六八～），山西原平人，畢業於中國社會科學院研究生院，現為中國社會科學院文學研究所研究員，著有《心性詩學的再生：徐復觀與現代知識人的文藝對話》。

黃乃江（一九六九～），福建長汀人，現為福建師範大學文學院副研究員，著有《臺灣詩鐘研究》。

蕭　成（一九六九～），女，福建福州人，南京大學文學博士，現為福建省社會科學院文學研究所副研究員，出版有《日據時期臺灣社會圖譜：一九二〇—一九四五臺灣小說研究》、《大地之子：黃春明的小說世界》、《寶島臉譜——臺灣文學論稿》。

沈慶利（一九七〇～），山東泗水人，畢業於山東曲阜師範大學中文系，現為北京師範大學文學院教授、博士生導師。著有《現代中國異域小說研究》、《啼血的行吟——「臺灣第一才子」呂赫若的小說世界》、《溯美「唯美中國」——華文文學與文化中國》。

廖　斌（一九七二～），福建邵武人，文學博士，現為福建武夷學院教授。出版有《臺灣文藝傳媒〈文訊〉研究》。

張　羽（一九七二～），女，黑龍江伊春人，畢業於哈爾濱師範大學，後獲文學博士學位。二〇〇二年起任職於廈門大學臺灣研究院，現為該院教授。出版有《海峽兩岸新文學思潮的淵源和比較》（與朱雙一合著）、《臺灣文學的多種表情》、《鏡像臺灣——臺灣文學的地景書寫與文化認同研究》（與陳美霞合作）。

張清芳（一九七三～），女，山東臨沂人，北京大學文學博士、中國社會科學院博士後，河北師範大學教授。出版有《臺灣當代散文藝術流變史》（第一作者）、《中國文化現代化的另類思想體系——以柏楊其人其文為考察中心》。另編有《二〇一五年中國散文精選．臺灣卷》。

傅蓉蓉（一九七三～），女，上海人，博士後，現為華東理工大學藝術設計與傳媒學院傳媒系教授，出版有《當代臺灣文學研究》。

趙冬梅（一九七三～），女，河南南陽人，二〇〇一年畢業於北京師範大學中文系中國現當代文學專業，獲博士學位，同年到北京語言大學工作，為副教授，出版有《溯源與比較——當代海峽兩岸的小城小說》。

李詮林（一九七五～），山東阿縣人。現為福建師範大學文學院教授。出版有《臺灣現代文學史稿》、《臺港澳海外華文、華人文學散論》、《漂泊的漢學：臺港澳暨海外華文、華文文學學科論》。

王　泉（一九六七～），湖北洪湖人，現為湖南城市學院人文學院教授，著有《新世紀臺灣文學的景觀書寫》。

古大勇（一九七三～），安徽無為人，中山大學博士，現為紹興文理學院人文學院教授，著有《文化傳統與多元書寫——臺港暨海外華文文學研究論稿》。

孫燕華（一九七五～），女，福建閩南人，二〇〇五年畢業於復旦大學中文系，獲博士學位，現為復旦大學復旦學院教師，出版專著《當代生態問題的文學思考——臺灣自然寫作研究》。

李　娜（一九七五～），河南焦作人，復旦大學文學博士，中國社會科學院文學所副研究員。近年來致力於臺灣原住民文學、文化與臺灣左翼文藝研究，參與臺灣原住民音樂專輯「百年排灣」、「流浪之歌」的製作。著有《林班歌部落志》、《舞鶴創作與現代臺灣》，編有《東亞視野中的臺灣文學》，整理編輯《無悔：陳明忠回憶錄》。

顏　敏（一九七七～　），女，湖南漣源人，暨南大學文學博士——現為廣東惠州學院教授，出版有《在文學的現場——臺港澳暨海外華文文學在中國大陸文學期刊中的傳播與建構》、《風景的重新發現——內地語境中的臺港澳跨海外華文文學》、《華文文學的跨語境傳播研究》，另編選陳思和著《行思集——臺港澳海外華文文學論稿》。

章　妮（一九七八～　），女，青島科技大學傳播與動漫學院副教授，出版有《三城文學「都市鄉土」的空間想像》。

卓慧臻，女，英國倫敦大學亞非學院文學博士。歷任中國社會科學院研究生院人文學院比較文學專業副教授、北京清華大學外文系副教授。著有《從〈傳說〉到〈巫言〉：朱天文的小說世界與臺灣文化》。

林　強（一九八二～　），福建福清人，二〇一〇年畢業於南京大學中文系，現為福建省社會科學研究基地福建師範大學中華文學傳承發展研究中心副研究員，著有《臺灣當代散文空間詩學研究》、《兩岸文學專題研究》。

索引

第一冊

四　事　件

五　論　爭

六 團體

第二冊

八　獎勵

九 出版……三九一

十　教　研……四一三

（一）中國文學相關係所

十一　作　家……四三一

第三冊

（二）散文……八〇〇

索引

（三）詩歌

第四冊

後記

本書主要資料來源

附錄

索引

作者簡介

作者簡介

古遠清（一九四一～二〇二二），廣東梅縣人。武漢大學中文系畢業，爲臺、港文學史家、世界華文文學學者奠基人之一。歷任國際炎黃文化研究會副會長、香港中文大學「中國當代文學系列講座」教授、香港嶺南大學現代文學研究中心客座研究員、中南財經政法大學世界華文文學研究所所長。現爲陝西師範大學人文社會科學高等研究院駐院研究員、佛山科學技術學院嶺南講座教授、中國新文學學會名譽副會長。多次赴大陸、臺、港、澳地區及東南亞各國、韓國、澳大利亞講學和出席國際學術研討會。承擔教育部課題和國家社會科學基金項目七項。

著有《中國大陸當代文學理論批評史》、《香港當代文學批評史》、《臺灣當代新詩史》、《香港當代新詩史》、《海峽兩岸文學關係史》、《臺灣新世紀文學史》、《澳門文學編年史》、《中外粵籍文學批評史》、《華文文學研究的前沿問題》、《世界華文文學概論》、《世界華文文學新學科論文選》、《世界華文文學研究年鑑》、《古遠清八秩畫傳》、《當代作家書簡》等多部著作；另有在萬卷樓圖書公司出版「古遠清臺灣文學五書」：《戰後臺灣文學理論史》、《臺灣查禁文藝書刊史》、《臺灣百年文學制度史》、《臺灣文學焦點話題》、《臺灣文學學科入門》，以及「古遠清臺灣文學新五書」：《微型臺灣文學史》、《臺灣百年文學期刊史》、《臺灣百年文學出版史》、《臺灣百年文學紛爭史》、《臺灣當代文學辭典》。

文學研究叢書・古遠清臺灣文學新五書 0810YB10

臺灣當代文學辭典（第一冊至第四冊）

編　　著　古遠清
責任編輯　林以邠、張宗斌
實習編輯　尤汶萱、吳秉容、徐宣瑄
　　　　　張楷治、莊媛媛、許心柔
　　　　　許雅宣、葉家榆、蔡易芷
　　　　　謝宜庭

發 行 人　林慶彰
總 經 理　梁錦興
總 編 輯　張晏瑞
編 輯 所　萬卷樓圖書股份有限公司
　臺北市羅斯福路二段 41 號 6 樓之 3
　電話 (02)23216565
　傳真 (02)23218698

發　　行　萬卷樓圖書股份有限公司
　臺北市羅斯福路二段 41 號 6 樓之 3
　電話 (02)23216565
　傳真 (02)23218698
　電郵 SERVICE@WANJUAN.COM.TW
香港經銷　香港聯合書刊物流有限公司
　電話 (852)21502100
　傳真 (852)23560735

ISBN 978-986-478-767-8
2022 年 12 月初版一刷
定價：新臺幣 2200 元
（全書共四冊不分售）

本書為臺灣師範大學國文學系 2022 年度「出版實務產業實習」課程成果。部分編輯工作，由課程學生參與實作。

如何購買本書：
1. 劃撥購書，請透過以下郵政劃撥帳號：
　帳號：15624015
　戶名：萬卷樓圖書股份有限公司
2. 轉帳購書，請透過以下帳戶
　合作金庫銀行　古亭分行
　戶名：萬卷樓圖書股份有限公司
　帳號：0877717092596
3. 網路購書，請透過萬卷樓網站
　網址 WWW.WANJUAN.COM.TW
大量購書，請直接聯繫我們，將有專人為您服務。客服：(02)23216565 分機 610

國家圖書館出版品預行編目資料

臺灣當代文學辭典(第一冊至第四冊)/古遠清著. -- 初版. -- 臺北市 : 萬卷樓圖書股份有限公司, 2022.12
　面 ;　公分. -- (文學研究叢書. 古遠清臺灣文學新五書 ; 810YB10)
ISBN 978-986-478-767-8(平裝)

1.CST: 臺灣文學 2.CST: 當代文學 3.CST: 詞典

863.041　　111016876